Gen Urobuchi
虛淵玄
(Nitroplus)
Fate/Zero
3
眾王的狂宴
Illustration
武內崇・TYPE-MOON

Cover Illustration/ Takashi Takeuchi (TYPE-MOON)
Coloring/ Shimokoshi (TYPE-MOON)
ACT Illustrations/ Shimokoshi (TYPE-MOON), Cotetsu Yamanaka
Logo design/ yoshiyuki (Nitroplus)
Design/ Veia
Font Direction/ Shinichi Konno (TOPPAN printing Co.,Ltd)

Fate/Zero 3

眾王的狂宴

In the battleground, there is no place for hope. What lies there is just cold despair
and a sin called victory, built on the pain of the defeated.
The world as is, the human nature as always, it is impossible to eliminate the battles. In the end,
killing is necessary evil and if so, it is best to end them in the best efficiency and at the least cost,
least time. Call it not foul nor nasty. Justice cannot save the world. It is useless.

衛宮切嗣
艾因茲柏恩家所雇用的「魔術師殺手」

言峰綺禮
獵殺異端的聖堂教會代行者

遠坂時臣
魔術師望族遠坂家現任家主，以到達「根源」為畢生夙願

間桐雁夜
放棄家主繼承權而逃離間桐家的男人

愛莉斯菲爾・馮・艾因茲柏恩（Irisviel von Einzbern）
艾因茲柏恩家煉製的人造人，切嗣的髮妻

韋伯・費爾維特（Waver Velvet）
隸屬於「時鐘塔」的見習魔術師，奪取導師的聖遺物挑戰聖杯戰爭

肯尼斯・艾梅羅伊・亞奇波特（Kayneth El-Melloi Archibald）
隸屬於「時鐘塔」的菁英魔術師，韋伯的導師

雨生龍之介
個性純真的享樂殺人魔

Saber
騎士王。真實身分是亞瑟・潘德拉剛（Arthur Pendragon）

Archer
英雄王。人類史上最古老的英靈・基爾加梅修（Gilgamesh）在現實世界降臨的形體

Rider
征服王。在古代世界獨霸一方，古馬其頓王國的
伊斯坎達爾王（Iskandar），期望能目睹「世界盡頭之海」（Okeanos）

Assassin
傳說中暗殺者的始祖，山中老人哈桑・薩巴哈（Hassan Saggah）的英靈

Caster
自稱為「藍鬍子」的英靈，也就是英法百年戰爭中的法國元帥、
神聖惡魔吉爾・德・雷（Gilles de Rais）伯爵。

Lancer
塞爾特神話的英靈迪爾穆德・奧・德利暗（Diarmuid Ua Duibhne），
槍法精妙絕倫的頂尖武者。

Berserker
「狂暴化」的神祕英靈。

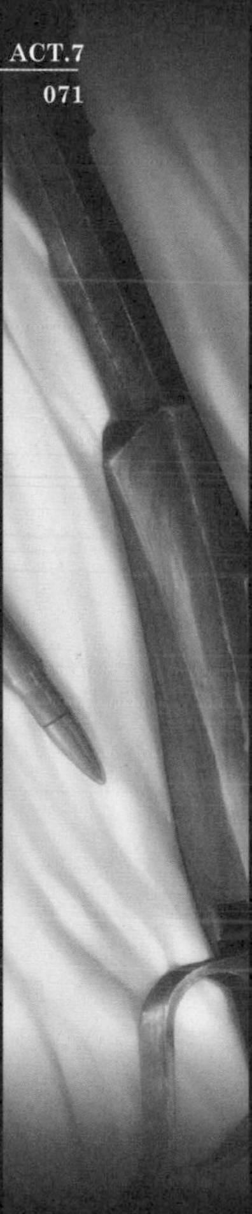

ACT.6

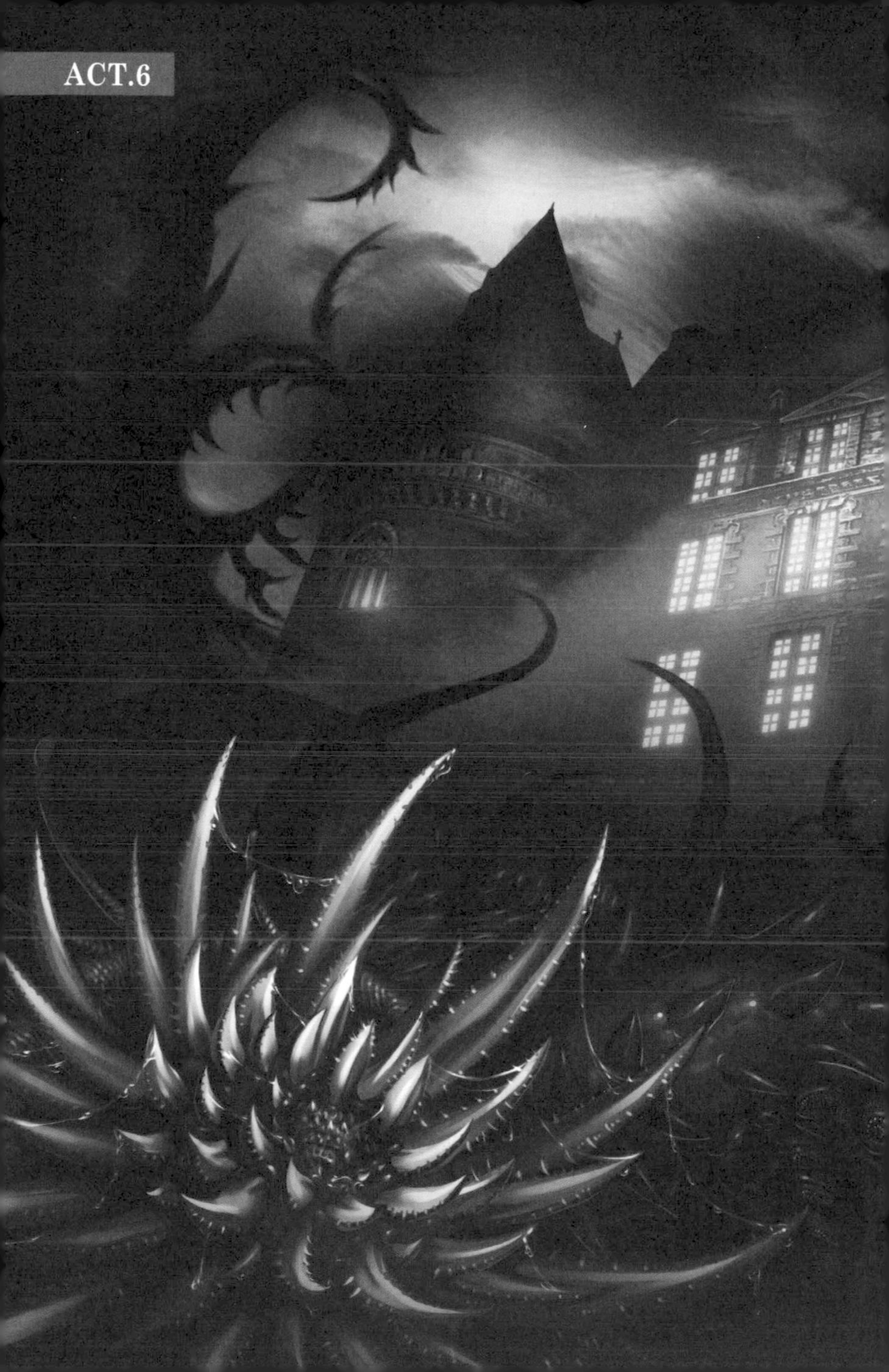

-131:23:03

距離冬木市市區向西直線距離三十多公里處。

一條國道東西縱橫，劃過遠離人居之地的山區。沿著這條道路的是一片青蔥翠綠的茂密森林，彷彿被排山倒海而來的住宅地開發熱潮所遺忘。

這塊地區有著許多神祕的謎團。乍看之下還以為是國有土地，實際上這裡卻是私有地，屬於一個只有名號，但不確定是否真實存在的外資企業所有。要是真的去收集關於這塊土地的情報，最初能打聽到的都是一些奇怪的都市傳說。

傳聞中在這座深邃森林的最深處，有一座『夢幻之城』。

這當然只是一個稀鬆平常的鬼故事。這裡雖然尚未開發，可是如果在距離都市區開車不需一小時就能到達的近郊有這種奇怪建築物的話，怎麼可能不造成話題。事實上，為了丈量這一帶的土地，過去曾經進行過幾次空拍，但是從來沒有在這片原始森林中拍攝到人工建築物。

但是每隔數年，這個傳聞好像就會突然又被群眾想起來似地，在人群之間口耳相傳。

帶著三分遊興踏入森林冒險的小孩子或是迷路的郊遊者面前，有一座壯麗的古老石造城堡驀然出現在濃霧當中。傳說那座城堡是一座十分不可思議的宅邸，明明像是廢墟般空無一人，但是卻整理得乾乾淨淨，一塵不染，完全不像是無人居住的地方。當然沒有人會把這個傳聞當真，頂多只有一些沒有題材可寫的三流雜誌在夏天時拿來應應景，刊登在靈異特集中的一頁而已。

知道這座城堡真的存在的人，只有一些極為少數的魔術師。

這是一座每隔六十年就會迎接主人到來，成為戰時根據地的**妖異之城**。

這座城堡是一片受到幻覺以及魔術結界層層保護的異度空間，除了極偶然的狀況之外，絕對不可能被外界發現。知道這座城堡真實來歷的人，都將這片深邃的森林稱為『艾因茲柏恩森林』。

當聖杯戰爭在冬木之地開始的時候，艾因茲柏恩家之首約布斯塔海特不屑在競爭對手遠坂家的直屬領地上設置據點，便訴諸財力將距離冬木最近的靈地整塊買下來，當作艾因茲柏恩的根據地。時值第三次聖杯戰爭的前一夜，人世間正面臨第二次世界大戰到來，是一個充滿緊張氛圍的時代。

傳說艾因茲柏恩家將整片廣大的原始森林當做結界，從外界隔離出來，把一座副城原原本本地從艾因茲柏恩本地改建到那裡。由此可以窺見他們那家族驚人的財力以及深沉的執著。但是最讓人感到諷刺的是，購買土地時的仲介或是在當地的隱蔽工作，都是由遠坂家奔波勞碌。

× ×

沉悶的氣氛不知道讓愛莉斯菲爾嘆了幾口氣。

「——覺得累了嗎？愛莉。」

切嗣對她這麼問道。愛莉斯菲爾立刻收起憂鬱的表情，微笑著搖搖頭。

「沒關係，沒什麼事。繼續吧。」

聽她這麼催促，切嗣繼續開始解說關於冬木市的諸多情報消息。一張範圍遍及冬木市全區的地圖攤開擺在面前的桌子上。

「——地脈的中心有兩處。一個是第二管理者遠坂家的宅邸；還有一個不用說，就是圓藏山。這一帶周邊的靈脈都匯聚在這座山，詳細狀況就如同亞哈特老人所說的那樣——」

會議場所選在一間會客廳。因為眾位女侍早愛莉斯菲爾等人一步先到達這座城堡，細心準備之後才離去，因此這間會客廳整理地十分完備。從桌布到茶杯，樣樣事物都一塵不染，花瓶中插著鮮豔嬌美的花朵。任誰都想不到，這間房間是位於一座六十年來從未有人居住過的城堡內。

要說一點都不覺得疲勞的話那是騙人的，但是愛莉斯菲爾至少已經上床休息過了。相對的，切嗣可能連眼睛都還沒闔過。切嗣與他的徒弟久宇舞彌大約是在正午時分到達城堡，可是在那之後馬上受到冬木教會的召集，操作使魔檢視監督者的通知事項等等，接二連三處理了好幾件雜事。聽說他昨晚在倉庫街的戰鬥過後又襲擊Lancer的召主肯尼斯爵士，甚至還與言峰綺禮上演了一場遭遇戰。切嗣這麼忙碌都絲毫不顯疲態，愛莉斯菲爾當然不能示弱。

不是的，她嘆氣其實是因為其他原因。

「——圓藏山以山頂上的柳洞寺為中心，設有一道強力的結界。因為那道結界的關係，像從靈這種不屬於自然靈的靈體只能由參道進入，使用Saber的時候要多加注意。」

如果是關於Saber的注意事項，直接對Saber說就好了。切嗣還是老樣子，對愛莉斯菲爾身後的男裝少女看都不看一眼。

氣氛之所以這麼沉重有兩個原因，其中一個就是切嗣這種徹底拒絕Saber的頑固態度。雖然這不是今天才開始的，但是愛莉斯菲爾覺得現在切嗣表現得比在艾因茲柏恩城的時候更加露骨了。

「另外，雖然比不上這兩個地方，在新都另外有兩處地脈集中的重要地點。那就是南邊山丘上的冬木教會，還有都市區東邊的新興住宅區。因此在冬木市內總共有四個地點具備能讓聖杯降靈的靈格。」

「也就是說在戰爭後期，從靈人數愈來愈少的話，就要事先占據這四個地方的其中一處做為據點是嗎？」

「沒錯。關於地理狀況大致就是這樣，有什麼問題要問嗎？」

「──Saber，妳有什麼不了解的地方嗎？」

愛莉斯菲爾機靈地把切嗣的注意力帶到Saber身上，少女從靈微微一笑，搖頭說道：

「我沒有什麼特別要問的，切嗣已經說得夠仔細了。」

說話的本人可能沒有這個意思，但是在旁人聽起來，她這句回答實在充滿諷刺的語氣。

愛莉斯菲爾嘆了一口氣，繼續說道：

「還有關於今後的方針……切嗣，現在其他召主是不是全部都把目標放在Caster身上了？」

「應該是這樣沒錯，監督者提出的報酬的確很優渥。」

剛才切嗣已經親口向兩人說明監督者在冬木教會告知的規則變更。愛莉斯菲爾與Saber在昨天晚上已經和Caster有過接觸，對她們來說，這個消息等於證實了那個從靈的狂態就是他真正的本性。

「可是關於Caster，我們擁有其他人沒有的優勢。現在應該只有我們知道他的真名——真是的，沒想到竟然是吉爾・德・雷伯爵。」

切嗣的嘴角一歪，露出自嘲的笑意，繼續說道：

「不但如此，不曉得他發了什麼瘋，竟然把Saber當成貞德・達爾克纏著不放。這樣正好，我們不用追著他跑，只要張開網子守株待兔就行了。」

「召主，這樣做還不夠。」

以一抹清澈嘹亮的嗓音提出反駁的人，就是在此之前一直被切嗣視若無睹的Saber。

「如果什麼事都不做，光等著那個Caster上門的話，只會害無辜犧牲的人命繼續增加。那傢伙的惡行天理難容，在被害情況惡化之前，我們應該主動出擊。」

Saber可能希望這番心意誠懇的話能夠突破切嗣心中的藩籬。如果是這樣的話，那也只是無謂的期望。切嗣還是老樣子一點反應都沒有，好像完全沒有聽見Saber的聲音，繼續說道：

「愛莉，妳已經掌握這座森林的結界術式了嗎？」

「……嗯，沒問題。我沒發現結界有什麼破綻，警報以及巡邏機能也都很正常……」

愛莉斯菲爾一邊回答切嗣的問題，一邊忍不住偷瞄自己身後Saber的表情。

Saber緊抿著嘴唇，直直盯著切嗣，表情比剛才還要更加凝重。如果只是被忽視不理的話，她尚且還能忍耐，但是切嗣放任Caster不管的做法讓她義憤填膺，很難以接受吧。

切嗣當然也對Saber充滿憤怒的凝視完全不當一回事。

「這次我本來不打算使用這座城堡的，不過現在情況改變了。把Caster引過來之前，我們就守在城裡。」

「……切嗣，對付Lancer不是我們更重要的課題嗎？」

愛莉斯菲爾代替被忽略的Saber表達異議。

「你殺死艾梅羅伊爵士之後已經過了十八小時，可是Saber的左手還是一樣沒有復原。既然那支槍的詛咒沒有消失，就代表Lancer應該還存在。如果是具有單獨行動技能的Archer也就罷了，槍兵的從靈沒有召主的話不可能在現世留存這麼久啊。」

切嗣很乾脆地點頭同意妻子的意見。

「妳說的沒錯。可能是Lancer又和新的召主訂下契約，或者是我沒有成功殺掉肯尼斯……那個時候因為有人礙事，所以沒有確認他的屍體。」

「既然這樣，為了能夠在萬全的狀況下迎擊Caster，我們是不是應該先打倒Lancer呢？」

愛莉斯菲爾進一步提議，但是切嗣卻搖搖頭。

「就算Caster出現，我們也不需要和他正面交鋒。妳只要盡量活用地利讓Saber四處逃避，擾亂敵人就可以了。」

兩人聞言都瞪大了雙眼。愛莉斯菲爾是因為驚訝，Saber則是因為怒極攻心。

「……不讓Saber和Caster交戰嗎？」

「其他召主全都想要Caster的命。就算放著不管也會有人收拾他，根本不用我們自己動手。

反而是那些拚了命追殺Caster的傢伙才是我們最佳的獵物。只要Caster動身來找Saber，一定會有一、兩個召主跟著他追進這座森林裡來，我要從側面襲擊這些人。那些滿腦子只想著要捕殺Caster的人一定沒想到獵人竟然會變成別人的獵物吧。」

這種想法的確很符合衛宮切嗣的個性。在他的眼中沒有人道倫常，也沒有身為魔術師的義務。只有依據弱肉強食的方程式所計算出來，如同獵殺機械般的戰術。

愛莉斯菲爾現在終於了解，為什麼原本不來這座據點城堡的切嗣會突然改變心意，過來與自己和Saber會合。

「召主，你這種人實在……究竟卑鄙無恥到什麼地步？」

Saber大聲怒斥的模樣刺痛了愛莉斯菲爾的心。此時Saber表現出的憤怒和昨天晚上她受到Rider的嘲弄或是聽到Caster瘋言瘋語時所顯露出的怒氣不同——在某種意義上來說，這是更加深切的憤怒。

「衛宮切嗣，你這是在侮辱英靈。

我被召喚來是為了代替你們流血。為了在爭奪聖杯時不需要多流不必要的血，為了讓犧牲減少到最小程度，以一人之力代替千軍萬馬，背負命運一決勝負……這就是我們從靈的存在意義。

可是你為什麼不願意把戰鬥交給我？昨天晚上襲擊Lancer召主的做法也是一樣，要是出了什麼差錯，早就演變成無可挽救的慘劇。就算不用那種手段，Lancer也已經約定要和我再戰一場了——還是說切嗣，難道你不相信你自己的從靈、不相信我嗎？」

切嗣沒有回答。Saber這一番激動的話語對他來說好像不痛不癢，只是冷冷地沉默不語。毫無表情的樣子就像戴了面具一樣，讓愛莉斯菲爾深深感到厭惡。

她所熟悉的丈夫不會露出這種表情。

愛莉斯菲爾的確了解衛宮切嗣這個人的兩面性，也早就知道切嗣雖然全心全意把愛投注在妻女身上，另一方面心中卻忘不了過去的傷痛。她曾經聽說過切嗣在進入艾因茲柏恩之前過的是什麼樣的生活，可是那竟然會讓她與丈夫之間產生這麼大的隔閡嗎？

更讓她意識到這一點的，就是從剛才在會議中完全不發一語，把一切都交給切嗣處理的黑衣女性。這個人就是另一個讓愛莉斯菲爾感到憂鬱的原因。

愛莉斯菲爾和久宇舞彌不是第一次見面。為了和切嗣接觸，舞彌曾經幾次造訪艾因茲柏恩城。在切嗣退隱度日的這九年時間當中，也是她擔任切嗣的代理人在外界工作。

早在切嗣和愛莉斯菲爾相遇之前，這位女性就和他一起共事。在這個會議上，她對切嗣的言行絲毫不為所動，始終安靜地保持沉默。對她來說，現在的切嗣恐怕才是原本的——她最熟悉的衛宮切嗣吧。

一股輕微但卻刺鼻的殘餘氣味鑽進愛莉斯菲爾的鼻腔，那是香菸的氣味。她還記得和切嗣初次見面的時候，自己非常討厭這種沾滿他渾身上下的味道。

自從兩人結為連理之後，已經許久沒有聞到的味道現在又從切嗣身上傳出來。這會不會也代表著硝煙的氣息呢？

現在的切嗣無疑就是九年前的他。那頭只為了獲得聖杯而被亞哈特老人收攬，冷酷無情的獵犬。

而那時候的愛莉斯菲爾只是一具被設計出來擔任聖杯守護者的人偶而已。切嗣心中的時間倒流彷彿讓她自己的時間也跟著倒轉回去——兩人一起度過的九年時光好像全部被人抹殺一般，讓她心中有些惶惶不安。

她心想，現在與衛宮切嗣這名男子最親近的人會不會不是身為妻子的自己，而是久宇舞彌……

愛莉斯菲爾沒有把盤踞在內心的念頭化為言語，而是問了一個完全無關的問題：

「……監督者提出的新規則怎麼辦呢？除了 Caster 之外，我們應該要和其他召主休戰不是嗎？」

「無所謂。監督者只有提示報酬，沒有設定罰則。就算他要找麻煩，我們只要裝傻到底就好了。」

和 Saber 發言的時候不同，切嗣立刻回答愛莉斯菲爾所問的問題。

「——而且我覺得這次的監督者不能信任。因為他藏匿 Assassin 的召主，還裝出一副什麼都不知道的樣子，說不定他和遠坂也有勾結。還沒摸清他的底之前，最好對他抱持懷疑的態度。」

「……」

Saber 氣得渾身發抖，愛莉斯菲爾則是深陷在複雜的思緒當中，兩個人都無話可說，沉默不語。切嗣似乎把這段停頓當作會議結束。

「那就解散吧。我和愛莉暫時留在這座城裡為 Caster 的襲擊做準備。舞彌就回到街上收集情報，如果有異狀的話逐一向我報告。」

「我知道了。」

舞彌毫不遲疑地點頭說道，起身走出會客廳。切嗣跟著站起來，收起桌上的地圖與資料之後也離開了。直到最後，他的眼神都沒有和 Saber 對上。

被徹底漠視的 Saber 憤怒地緊緊咬住牙根，一直瞪著腳下的絨毯。與她一起留在會客廳的愛莉斯菲爾根本不曉得該說什麼才能緩和氣氛。

不，身為尊貴的騎士王，Saber 一定不希望別人拿些膚淺的場面話安慰她。現在最需要的是更加根本的解決方法。想到這一點，愛莉斯菲爾輕輕把手放在 Saber 的肩頭，表達自己的安慰之意之後，馬上跟著切嗣走出會客廳。

切嗣如此刻意排斥 Saber——這不可能單純只是因為兩人之間的默契不佳而已，如果沒有相當程度的厭惡或是怒意等負面情緒的話絕不會做到這種程度。不論如何，這實在是太過分了。不管兩人之間的原則再怎麼迥異，大家畢竟同是追求勝利的夥伴。愛莉斯菲爾不求切嗣尊重Saber，但是這並不代表切嗣可以這樣侮辱她。

她很快便發現切嗣的身影。切嗣走到瞭望城堡前院的陽臺，靠著扶手眺望夜色下的森林。幸好舞彌不在附近。

「……切嗣。」

愛莉斯菲爾發現自己的語氣不自覺變得嚴肅起來，但還是走近丈夫背後開口叫喚。切嗣應該已經察覺到氣息了吧，他不疾不徐地轉過身來。

愛莉斯菲爾已經做好心理準備面對剛才在會客廳時看到的，切嗣那冷漠而不帶有一絲情感的眼神。因此當她一看到切嗣回過頭的表情時，只能呆立在原地，不知道如何是好。

那張走投無路的表情就像是一個受傷而驚恐不已的孩子，好像馬上就會放聲大哭起來。站在那裡的根本不是技術高超的魔術師殺手，只是一名弱小又膽怯的男人。

「切嗣，你——」

切嗣二話不說，緊緊抱住不知所措的愛莉斯菲爾。他的胸膛在發抖，丈夫原本那雙強而有力，值得依靠的手腕，現在就像是緊抓住慈母的孩童一樣無力。

「如果我——」

切嗣雙臂抱得愛莉斯菲爾生疼，嘶啞虛弱的聲音在她耳邊問道：

「如果我現在決定拋棄所有的一切逃跑——愛莉，妳願意和我一起走嗎？」

這恐怕是愛莉斯菲爾所能想像到，衛宮切嗣最不可能說出口的問題了。愛莉斯菲爾訝異地愣了一愣，然後勉強開口回問道：

「伊莉雅……在城裡的那孩子要怎麼辦？」

「我會回去把她帶出來，有誰礙事就殺。」

切嗣回答道。語氣非常急迫，簡短而堅決。毫無疑問，他是說真的。

「接下來的日子……我會把我所有的一切都投注在我們自己身上。我願意用我所有的生命，只用來保護妳還有伊莉雅……」

「……」

此時愛莉斯菲爾終於明白眼前的男人已經被逼到了何種地步。面對生涯當中最大的戰鬥，她的伴侶正面臨前所未有的身心極限。

他不是九年前的切嗣，不是那個如同獵犬般敏銳、如同子彈刀刃般無情銳利，將自己鍛鍊到極限的殺人機械。

切嗣已經改變這麼多了，變得脆弱而叫人擔心——讓他在追求那個嚴苛的理想時，被逼到如此地步。而愛莉斯菲爾知道是什麼原因改變了他。

那就是妻女。原本絕對不可能混進衛宮切嗣人生之中的雜質。

衛宮切嗣沒有什麼東西可以失去，就連感受痛苦的心都已經不存在了，所以他才能那麼堅強。就是因為有這份堅強，所以他才能成為如此激進的戰士，為了追求拯救世界這個遙不可及的夢想，果斷地捨棄與犧牲。

現在切嗣所需要做的事就是讓自己回到過去。但是倒轉時光卻讓切嗣的靈魂發出哀號，因為九年的變化實在太過深刻，使得切嗣光是要裝出九年前的冷酷就已經非常勉強了。

切嗣對Saber的抗拒正顯露出他的軟弱。現在的他光是要維持自我就已經使盡全力，根本沒有餘力接納Saber，也無心思考如何協調與騎士王之間的關係。

愛莉斯菲爾感到胸口一緊，心愛的男人遭受到這樣的痛苦，自己卻無法解救他。因為折磨切嗣的不是別人，正是自己。

現在她所能做的事，就只有一句話——開口問一個毫無意義的問題而已。

「我們逃得了嗎？」

「逃得了，現在離開的話還來得及。」

切嗣立刻回答。可是這句話不是出自既有的堅信，只是為了強迫自己相信一個無比渺茫的希望，才化為語言說出口而已。

「——你騙人。」

所以愛莉斯菲爾反駁了他，溫柔卻又殘酷地否定他。

「這句話是騙人的。衛宮切嗣，你絕對逃不了。

你不會原諒捨棄聖杯的自己、無能拯救世界的自己。你自身一定會成為最初也是最後的制裁者，殺死衛宮切嗣。」

切嗣發出無聲的嗚咽。他自己也很清楚，知道早就已經沒有別的選擇了。

「我很害怕……」

在嗚咽聲當中，切嗣如同孩子般表白。

「那傢伙——言峰綺禮正衝著我來。我已經聽舞彌說了，他監視肯尼斯，把肯尼斯當作釣餌引我上鉤。他早就看穿我的行動……

我可能會輸。我為了戰鬥犧牲掉妳，還扔下了伊莉雅，但是……最危險的人、那個我萬萬不想遇上的人卻把我當作目標！」

衛宮切嗣是個殺手，他既不是英雄也不是武人。他沒有什麼勇氣與驕傲，是一個不敢與敵人賭上五五分生死機率競爭的懦夫。因此他做事謹慎確實，只求在最低的風險下贏得勝利與生命。對獵人來說，最大的惡夢就是成為被追捕的獵物。

但是如果是過去的切嗣，就算自己面臨困境也不會驚慌，他一定會冷靜地努力尋找出最完美的解決方法。這是因為他用不著害怕『喪失至愛』，所以才能這麼堅強。對如今再次踏上戰場的切嗣來說，失去了這份堅強很有可能就是他致命的弱點。

「我不會讓你一個人孤軍戰鬥。」

愛莉斯菲爾伸手環抱丈夫顫抖的背，一邊輕輕地對他說道：

「我會保護你，Saber會保護你。而且還有……舞彌小姐。」

她不得不承認現在切嗣最需要的女性是誰。

只有一個人能夠讓他的心找回過往的強韌，找回那足以封鎖所有痛苦以及恐懼的冷峻。那是愛莉斯菲爾絕對辦不到的事。

如果有什麼事情是她能夠做到的，那就是至少抱著切嗣安慰安慰他。但是——愛莉斯菲爾還是忍不住誠心祈求。

就算幫不上他的忙也無所謂，希望上天能夠多賜與她一點時間，讓她能夠像現在這樣撫慰切嗣，縱使只多一分一秒也好。

——在她許下這樣殷切期望的同時，願望也化作虛幻的泡影。

胸口一陣突如其來的悸動讓愛莉斯菲爾全身緊繃。她才剛剛掌握不久的森林結界術式，在她的魔術迴路中反覆發出強烈的鼓動。

這是警報。

「——這麼快就來了嗎？」

丈夫在耳邊的低語聲出乎意料地冷靜，他已經重拾愛莉斯菲爾最陌生的漠然與冷淡。

切嗣只是看見妻子臉上的表情就已經察覺事態有異了。愛莉斯菲爾無言地點點頭，放開丈夫的身子。在她面前的臉孔又是那個冷酷而細心的『魔術師殺手』。

「幸好舞彌還沒出發，現在我們可以傾盡全力迎擊——愛莉，快去準備遠望水晶球。」

「好。」

戰鬥的腥風比預料中還要更早吹進這座森林裡。

×　　×

「——找到了。」

艾因茲柏恩陣營眾人再度在會客廳中集合——在切嗣、舞彌以及Saber三個人的面前，愛莉斯菲爾將結界捕捉到的入侵者影像投影在水晶球上。

詭異的黑色長袍舞動，染在長袍上的紅色圖紋彷彿吸了鮮血一般，交映在枝葉林間。

「他就是那個 Caster 嗎？」

第一次看見 Caster 的切嗣問道，愛莉斯菲爾點頭回應。出現在水晶球中的人正是昨天晚上擋在 Saber 與她兩人之前的異相英靈吉爾・德・雷伯爵。

「可是……他到底想做什麼？」

讓愛莉斯菲爾感到訝異的是 Caster 帶了好幾個人在身邊。

藍鬍子並不是孤身一人，他帶了大約有十多名同伴在森林裡前進。每個都是年紀幼小的孩童，最年長的孩子大概也只有小學生程度吧。所有人都像夢遊病患者一樣踩著虛浮的步伐，搖搖擺擺地跟在 Caster 身後，他們顯然受到魔術控制。

那些孩子肯定就是監督者在通知事項提到的，那群從冬木市附近綁架來的孩童。

「愛莉，他的位置在哪裡？」

「距離城堡東北方兩公里多一點，目前他似乎還沒有要繼續深入森林的樣子。」

森林裡張設的結界是一個以城堡為中心，直徑五公里的圓陣。Caster 所在的位置正好是在剛進入結界內不遠的地方。

如果他再走進結界深處的話，愛莉斯菲爾就可以發動領域效果（Area Effect），支援同伴的戰鬥。但是 Caster 好像已經識破這一點，一直沿著結界的外圈徘徊。

「愛莉斯菲爾，敵人在引誘我們出去。」

Saber語氣緊張地低聲說道。如果靠她從靈的腳力，不出幾分鐘就可以趕到Caster的所在地。愛莉斯菲爾也知道她的意思，Saber急著現在就想出動迎戰Caster。

並不是騎士王血氣方剛，而是因為Caster帶來的那些孩子們——這不祥的意義讓她感到很焦急。

「那些一定是……人質吧。」

愛莉斯菲爾憂心忡忡地低語，Saber點頭回答：

「如果啟動陷阱或是機關的話，連那些孩子們都會受到波及。只能靠我直接出去打倒Caster，救出那些小孩了。」

雖然這道理很明白，但是愛莉斯菲爾卻覺得躊躇難決。就連Saber自己都不放心以帶傷之身對抗Caster，如果相信她的直覺技能，吉爾・德・雷絕對是不容小覷的麻煩敵人。在無法提供任何支援的情況下，就這麼讓Saber前往結界外緣真的好嗎……

這時候Caster突然抬起他那對如同猛禽般圓大的雙眼，回視愛莉斯菲爾，咧嘴一笑。

「千里眼被識破了？」

對方是魔術師的英靈，千里眼只不過是三歲兒童的小把戲吧。Caster直直地看著愛莉斯菲爾的視點位置，用一種殷勤到讓人覺得做作的動作將手腕一擺，行了個禮。

『吉爾・德・雷依照昨晚的約定前來拜訪了。』

水晶球堅硬的表面震動，傳來從監視位置收集到的聲音。

『在下想要與我美麗的聖處女貞德再見一面。』

Saber 直視著愛莉斯菲爾，希望她盡快下達命令。少女從靈已經下定決心要趕赴死地，反而是她的主人還在猶疑不決。

Caster 彷彿就像是看穿愛莉斯菲爾心中的遲疑，帶著輕蔑之意冷哼一聲，如同演獨角戲一般繼續說道：

『……無妨，各位可以慢慢來，不用著急。我也已經做好久候的準備才來的。其實也沒什麼，不過就是個簡單的小遊戲罷了——請容我借用貴宅院的一個小角落。』

Caster 的手指一彈，之前乖乖跟著他的小孩子突然好像大夢初醒一般，睜大眼睛慌了起來。這些孩子們四處張望、不知所措，似乎完全不知道自己被帶到什麼地方來。

『來，孩子們，捉迷藏遊戲就要開始囉。規則很簡單，只要從我身邊逃走就可以了，要不然的話——』

Caster 的手從長袍的衣襬底下悄然伸出，放在一個站在他身邊的小孩子頭上……

「不要!!」

明知制止無用，Saber 還是忍不住大叫出聲。

傳來一聲頭蓋骨破碎的聲音，飛濺的腦漿與眼珠畫出一道道拋物線。這一幕有如活地獄般的光景，就這樣成為即時影像深深烙印在眾人的腦海裡。

孩子們發出悲淒的慘叫聲四處奔逃。站在中心位置的 Caster 愉快地放聲大笑，用舌頭仔細舔舐染滿血跡的手。

『快逃吧。數到一百我就要開始追你們囉。貞德，您認為我抓到所有人要花多久時間呢？』

愛莉斯菲爾不再感到迷惑，她無法再猶豫下去。雖然生為人造生命體，但是她的精神已經是為人母了。那具遇害後倒在一旁的可憐小小身軀，正好與伊莉雅斯菲爾的身高差不多。

「Saber，打倒 Caster。」

「遵命。」

騎士王的回答極其簡短。在愛莉斯菲爾聽見她的聲音時，Saber 的身影已經從會客廳中消失了。只有她身後捲起的殘風訴說著王者的憤怒。

-130:55:11

Saber 化為一道銀色的疾風，在樹林間疾馳。

和切嗣之間的爭執現在已經被她拋在腦後。一旦踏上戰場，她的精神就好比是一把劍。一把斷金切玉、純淨無瑕的鋒利長劍，沒有一絲迷惑與猶豫。

她知道自己現在正往 Caster 設下的陷阱裡跳，對於那個惡鬼種種惡行的忿怒讓她的血氣翻騰也是不爭的事實。但是現在她卻不是只憑著一股血氣行動，只靠憤怒或憎恨無法讓心靈化成利劍。

孩子們一個接著一個被害，這種光景她並不是第一次看到。只要上了戰場，就算再怎麼不情願，總是會看到一些身材矮小的屍骸。對於過去以亞瑟王身分活著的她來說，這反而是一種日常生活中常見的景象。

人類這種生物如果被迫面臨生死關頭的話，就會徹底變得醜惡、卑劣而殘酷。成為侵犯女性、屠殺孩童、掠奪饑民的雙足野獸。在屍骨遍布的戰場上總是充斥著這些地獄餓鬼。

不過正因為如此，即使身處如此慘無人道的地獄當中，還是需要一種「證明」。必須要有人親身證明縱使面對各種困境，人類還是可以維持尊貴的自我。

那就是騎士，戰場上的高貴之人。

騎士必須要表現地尊貴、威武，以自身之光照亮戰場。必須讓墮落為地獄惡鬼的人們心中重拾榮譽與尊嚴，讓他們重新為人。這是身為騎士之人必須成就的責任，這份責任比自身的憤怒、悲傷、痛楚、苦難還更加重要。

為此Saber要殺死Caster。這不是因為憤怒，而是一種義務。

她必須承認這麼做有欠謹慎，就算被批評輕率也只能接受，但這絕對不是有勇無謀。雖然她已經預料到Caster會是很難纏的敵人，但是並沒有感覺到那種毫無勝算的絕望感。Saber的第六感告訴她——只要拚死一戰，最後存活下來的人一定是自己。

既然如此，她就要殺。Saber和切嗣不同，有個原因讓她必須這麼做。就算負傷力盡，她也必須親手斬殺那種天理不容的邪惡之徒。這是她身為騎士之王所肩負的責任，也是責無旁貸的義務。她絕對不容許有人玷汙戰爭的意義，或者在戰場上貶抑人性的尊嚴。

血腥味變得濃厚起來。泥濘不堪的地面幾乎讓Saber的足鎧踩不穩，使她停下腳步。

土壤吸飽溼氣，好像剛剛下完一場傾盆大雨一樣。只不過沾溼土壤的不是雨水，而是豔紅的鮮血。

四周充滿令人作嘔的內臟臭味，滿地血海。究竟殺了多少人才能營造出如此淒慘的景象，光是想像就讓人感到胸腹滯塞。

而且成為Caster手下犧牲品的全都是一些年幼的天真孩童。Saber想起她在水晶球中看到那些小孩子們害怕地一邊哭喊，一邊大聲求救。這些都是剛剛才發生的事情，Saber花了不過幾分鐘穿過森林之前的情景。

這些滿地的屍骸，那時候都還活著……

「歡迎您，貞德。我等您好久了。」

Caster臉上堆滿笑意，喜迎一動也不動的銀白色貴人。他忍不住為自己擺下的這場盛大筵席感到驕傲，笑容中盡是自贊自賞之意。站在血海中的漆黑長袍淋滿活祭品的鮮血，色彩顯得更加鮮豔。

「這副慘狀您覺得如何？讓人非常痛心對不對？讓人看了很難過對不對？您能想像這些天真無邪的孩子們在死前嘗到何種痛苦嗎？

可是貞德，比起我失去您之後的所作所為，這種程度根本還算不上什麼悲劇——」

Saber不想讓他再說下去，也不想再多聽。她跨出一大步，不給Caster一點反應的時間，橫掃一劍就要把他攔腰斬為兩截。

Caster同樣也從Saber的腳步中看出殺意。他不再多耍嘴皮子，伸手一揚，翻開長袍的衣襬。

藏在他懷中的物事足以讓Saber再次停下腳步。

那是被當作人質的小孩——最後一位生還者。孩童被Caster抱在腋下，還在抽著鼻子哭泣。Caster只是為了在這時候把小孩當作盾牌，才會留下一個活祭品不殺吧。

「——哦哦，貞德。您那雙充滿著憤怒的眼神果然美麗。」

Caster神態自若，對Saber露出黏質的微笑。

「您這麼恨我嗎？是啊，您當然恨我。您怎麼可能會原諒背離神愛的我呢？因為過去您比任何人都還要虔誠地崇敬上帝啊。」

「把那孩子放開，魔鬼。」

Saber對Caster說道。語氣如同劍鋒一般冷冽而銳利。

「這場戰爭是為了選出適合得到聖杯的英靈，如果你用這種英靈不該有的方式戰鬥，聖杯會捨棄你的。」

「既然您都已經復活，什麼聖杯早就已經沒用了……不過如果貞德您這麼想要救這小孩子一命的話……」

讓人意外的是Caster輕笑一聲，二話不說就放開了那孩子，輕輕地讓他站在地上。

「來，孩子。你應該覺得高興，上帝虔誠的使徒說要來救你。那個什麼全能的上帝總算願意大發慈悲了，只不過你的其他朋友都已經死得乾乾淨淨囉。」

年幼的小孩子似乎也能理解趕來的金髮少女是自己的救星。哇的一聲放聲大哭，直接朝Saber跑過來。

Saber戴著護具的指尖輕碰幼童緊抓住鎧甲褶裙的小手。她很想把小孩抱起來好好安慰一番，可是此時她身在戰場，考慮到幼子的安全，現在不是分心照顧的時候。

「聽話，這裡很危險，快點逃吧。只要繼續往前走，就會看到一座大城堡，你到那裡去求……」

小孩子的後背突然發出撕裂聲，啜泣聲轉為痛苦的慘叫。

就在瞠目結舌的Saber眼前，嬌小的身軀垂直爆裂開來。從小孩體內噴出來的甚至不是鮮紅的血液。

那是一大群墨綠色，蜷曲扭動的蛇——不對，那東西全身布滿像是小齒顎般的吸盤，絕對不只是一般的蛇類，而是烏賊或是某種形似烏賊的異樣生物的觸手。那些與Saber的手腕一樣粗大的異物剎那間伸展開來，纏上銀色鎧甲，開始用強悍的力道緊緊綁縛住Saber的雙手雙腳。

藉由活祭品的血肉，由異界召喚出來的怪魔不是只有困住Saber的這一隻。散落在四周的肉片與血水灘裡也陸陸續續生出觸手團塊。Saber的身邊轉眼間就被數十隻怪物包圍住了。

每一隻不定形的怪物大小都和一個成人差不多大，既沒有身軀也沒有四肢，如同一隻巨大的棘冠海星。疑似是無數觸手根部的部位上，有一張長滿如鯊魚尖牙的圓形口器。雖然這是一種完全未知的生物，但是與靈體或是幻想種都不一樣，可能是棲息在不同自然法則的異次元生物。

「我已經說過了吧？下次來見您的時候會做好萬全的準備。」

Caster縱聲大笑，誇耀自己的勝利。在他手上不知什麼時候多出一本厚重的裝訂書。那本書的封面帶著像是沾了水般的溼亮光澤，是貼上人皮所製作出來的。雖然看起來只是一本書，但是在Saber靈感力之下，她看出在那東西當中有閃光旋轉流動。以那本書為中心點，有一股龐大的魔力正在脈動、放射出來。Saber想都不用想就知道那本書一定就是Caster的「寶具」。

「我的同志普拉提（François Prélati）留下這本魔書，讓我學到如何統御惡魔軍團的法術。您覺得如何呢，貞德？過去在奧爾良聚集的任何軍隊都沒有這支軍團雄偉吧。」

Saber 沒有回答。她被觸手緊緊纏住，手上護具中握著已經乾涸，破碎到完全看不出原型的屍骸碎塊。在怪魔出現的同時，被吞噬血肉的屍體已經感受不到一個人的重量。這具屍體在幾秒鐘之前還是一個一邊哭泣一邊抓著她的年幼孩童。

「——好吧。我再也不會和你競爭聖杯。」

低沉的自語冷靜地讓人毛骨悚然。劍之從靈將盤踞在丹田之內的力量解放出來。

蠢動的怪魔一顫。震動 Caster 鼓膜的不是聲音，而是衝擊波。

因為憤怒而沸騰的長嘯與魔力噴射的大爆炸，從少女嬌小的身軀迸發而出。包裹住她全身的觸手團撐不到一秒鐘，瞬間全部斷裂，化為細碎的肉片四散紛飛，消滅殆盡。就連沾附在身上的黏液都被震得一點都不剩，白銀鎧甲再次恢復原本皎潔無瑕的光輝。在怪魔群聚集的中心，少女的站姿彷彿就像是戰神般莊嚴神聖，燃燒著熊熊怒火的雙眸直射 Caster。

「在這場戰鬥當中，我不求任何收穫，也不要任何報酬。現在……Caster，我只為了消滅你而持劍！」

「哦哦哦，貞德……」

感受到 Saber 驚人壓迫感而喘息不已的 Caster，臉上露出的不是恐懼也不是猶豫之色——而是忘我的恍惚神情。

「多麼高潔的情操、多麼威武的模樣……啊啊聖處女，在您的面前就連神明都微不足道！」

Caster 高聲發出歡呼，興奮地幾乎喘不過氣來。怪魔的觸手以他的呼聲為信號，朝向 Saber 鋪天蓋地席捲而來。

「為我的愛而玷汙吧！為我的愛而墮落吧！神聖無瑕的處女啊——！」

凜冽的劍風與瘋狂的哄笑為這場死鬥點燃了戰火。

× ×

愛莉斯菲爾屏息觀看水晶球中展開的戰鬥。

Saber 先前預知的不安感覺究竟是什麼，現在也終於真相大白了。

按照職別的特性來看，Saber 對 Caster 占有壓倒性的優勢。獲得劍之英靈職別的時候，她的魔術抵抗技能會被大幅提升，更加強大。對於以魔術為主力的 Caster 來說，這項不利條件可說非常致命。正面對戰的話，Caster 完全沒有一點勝算。

可是——

仔細一想，吉爾・德・雷伯爵不正是因為他試圖召喚惡魔才留給後人魔術師的形象嗎？那麼她應該早就料到那個 Caster 其實是召喚魔術師（Summoner）才對。

Saber 的魔術抵抗力只對以她自身為目標所施展的魔術才有效，無法幫助她防範由異世界召喚魔獸的術法。而召喚出來的怪獸一旦化為實體，就會成為不同於魔術的威脅。怪獸的尖牙與鉤爪和刀劍相同，都是物理性的攻擊。Saber 想要對抗的話，就只能仰賴劍法與武裝了。

Saber 號稱擁有最強的近戰能力，區區的異界魔獸當然不足為懼。但前提是在她的狀況百分之百萬全之下。

水晶球顯示出的森林戰鬥戰況看來不能過度樂觀。

面對怪異觸手的攻擊，Saber 毫不退讓。她的戰鬥有如天神降世，只要無形之劍一掃，就會有一、二隻怪物被斬成兩截，在空中飛舞。觸手群雖然恐怖，但是牠們連碰都碰不到少女從靈一下。

Saber 完全抵擋住怪魔有如海嘯般翻湧而來的攻勢——可是這同時也代表她陷入只能防守，無暇攻擊的窘境。

Saber 不斷施展剛猛的劍技化解敵人的攻勢，Caster 卻站在遠處，帶著從容不迫的笑容看著她奮戰不懈的樣子。Saber 到現在還是無法朝這些怪魔的主子 Caster 踏出一步。

觸手怪魔被一一斬倒，但同時又不斷有新的觸手出現。怪異生物接二連三地從各處染紅土地的血水堆中出現，殺之不盡斬之不絕，一隻隻加入包圍Saber的圈子裡。

無形之劍斬殺的數量和重新召喚出來的怪魔數量幾乎完全一致，這也就是說戰鬥的主導權掌握在Caster的手中。魔術師不急著取勝，他逐一派出對抗Saber所需要的兵力，讓戰局陷入膠著。

Caster是因為戰略需要才選擇持久戰的。他可能企圖用這種方式消耗Saber的體力，等到她筋疲力盡的時候再一決勝負吧，而Saber現在已經完全掉進他的陷阱裡了。如果Saber毫髮無傷的話，戰局想必又是另外一番局面，只是自恃數目眾多的嘍囉群肯定完全不是她的對手。可是現在Saber的左手力道受限，從水晶球中也能清楚看出無法使出全力戰鬥，使她露出焦躁的表情。

「還有其他召主進入森林的反應嗎？」

切嗣在背後問道。從他的聲音聽起來，顯然對Saber現在身處險境一點都不在意，這讓愛莉斯菲爾覺得有些不高興。但是切嗣只是默默地專心準備武器，好像根本沒注意到妻子的反應。他把各種手榴彈以及裝著衝鋒槍備用彈匣的小袋子一個一個扣在大衣之下的吊帶釦上。那模樣一點都不像是一位準備上戰場的魔術師——但是看見切嗣的禮裝，那柄單發魔槍套在腰間槍帶的皮套當中，愛莉斯菲爾明白丈夫心中已經做好相當的心理準備。

「舞彌，帶著愛莉離開城堡。往與Saber相反的方向去。」

舞彌收到切嗣的指示，二說不說便點頭答應。但是愛莉斯菲爾卻難掩臉上驚訝的神色。

「我不能……留在這裡嗎？」

「既然Saber在遠處作戰，這座城堡也不安全了。因為可能有些傢伙和我有一樣的想法。」

Saber離開之後，或許確實可能有人會想攻擊留在城堡裡的召主，坐收漁翁之利。如果想要殺召主的話，召主與從靈分開行動的時候就是最好的下手時機。

在從靈守護之下的召主，以及守在自己工房裡的召主，究竟哪一個比較好對付——假使是切嗣的話，他的判斷是選擇後者。如果有其他魔術師做出一樣的結論，只要看到現在Saber隻身戰鬥，這時候就會直接針對留在城中的愛莉斯菲爾而來。

切嗣才和愛莉斯菲爾見面沒多久，現在又要離開獨自行動，這讓愛莉斯菲爾不禁感到不安，在她知道切嗣隱瞞自己不安定的心理狀態之後更是讓她操心。但是她也知道自己就算和切嗣同行也只會絆手絆腳而已。再說雖然只有一段短暫的時間，眾人在城中會合本來就不在預定計畫之內。

「……」

冷靜打量自己內心的想法之後，愛莉斯菲爾終於明白了。讓她不放心的原因不是因為和切嗣分開，而是因為要和舞彌一起行動。站在切嗣的立場，他是想讓舞彌保護愛莉斯菲爾吧。但是愛莉斯菲爾在心底深處還是無法完全擺脫對舞彌的抗拒意識。

話雖如此，她當然不會這麼幼稚，只因為這種私人感情就對切嗣的意見唱反調。

「——我知道了。」

就在她消沉地點頭之時……

「？」

魔術迴路當中有一股新的刺痛感閃過。這是來自森林監視結界的回饋信號。

「……怎麼了，愛莉？」

「切嗣，就和你推測的一樣。似乎又有別人進來了。」

-130:48:29

就在Saber砍倒三頭怪魔的時候，她發覺這是敵人的詭計。

她還不清楚原因是什麼。這些觸手怪物太不堪一擊，但是Caster的態度卻又出奇地自信滿滿。Saber的直覺發出警告聲。

砍死了十頭，Saber終於確定這股不安情緒所為何來。

敵人的數目沒有減少。不管殺死再多隻，總是有新的怪物出現。Caster的召喚魔術不斷從異世界召集援軍。

但是這樣也無所謂，Saber激昂的心作出決定，就算敵人的數目增加再多，自己只要以更勝於對方的氣勢逐一擊殺就是了。在沸騰的鬥志驅使下，Saber的長劍更增其力道與速度。

三十頭。面對似乎絲毫不減的敵軍，焦躁的情緒在Saber的心中閃過。

五十頭。她知道再數下去也沒有任何意義。怪魔誕生於現界的溫床不只有成為活祭品的孩童血肉而已——在視線的一角，她發現有新的怪魔從已經砍死的怪魔屍骸中出現。原來如此，難怪數目不會減少，這樣一來等於她打倒的怪魔會永無止盡地重生。

這麼一來就是比拚雙方魔力的儲備量了。瞭解這場戰鬥將會是一場持久戰的Saber馬上減少劍招的力道，一直全力揮劍的話無法久持。只能使用最少量的體力，盡量有效地逐一斬殺敵人。

Caster的魔力也不可能是無限的。像這樣不斷重複使魔的召喚與再生，總有耗盡魔力的時候。問題是Saber能不能撐到那時候。

一想到左手派不上用場，又讓Saber覺得懊惱不已。想要單用一隻右手揮劍，無論如何一定要用魔力噴射彌補不足的臂力。在現在這種情況下，多餘的魔力消耗是最要命的負荷。

再說要是能用雙手握住這支劍柄的話——一招『應許勝利之劍（Excalibur）』早就把這些汙穢噁心的怪物燒得一塊碎屑都不剩了。

心中的焦慮使得Saber咬緊牙根，但她還是繼續揮舞長劍。被她斬殺於劍下的怪魔數目終於即將超過三位數，但是Caster依然不改臉上滿不在乎的輕笑，欣賞Saber努力奮戰的模樣。對手完全沒有露出疲態讓Saber起了疑心，在這時候她注意到敵人手上的裝訂書散發出異常濃密的魔力。

「該不會……？」

雖然這是最糟糕的想像，但恐怕應該沒錯了。

這道召喚魔術呼喚出大量怪魔、使之再生、驅使牠們一再往 Saber 的劍下攻來。現在正在吟唱魔術咒言的就是那本魔導書。

那東西不單單只是一疊記載咒文的紙張而已。那本書本身可能就是一個具備大容量魔力爐，能夠自行使用術法的「怪物」。Caster 並不是從書頁中讀取咒語，施展魔術。他只不過是隨著自己的心意自由「操縱」這隻怪物，當作魔力的發動源而已。

『螺湮城教本』(Prelati's spellbook)——真是一件可怕的「寶具」。如果愛莉斯菲爾是 Saber 的正式召主，具備透視力能夠在第一次見面就看到 Caster 能力的話，她一定可以看出對方是只有寶具能力特別強化的危險從靈。要是知道這一點，就算可能受到旁人指責怯懦，Saber 說不定也會更謹慎小心地判斷，而不會輕易接受 Caster 的引誘，前來打這場消耗戰了。

不——這種後悔就是一種軟弱心態。

Saber 讓自己打起十二萬分精神。如果是一名活在名譽之下的騎士，面對像 Caster 這種邪惡是絕對不能退縮的。退縮的話就等於放棄了她最大的力量與武器——也就是相信自己為了正義而揮劍的心。

「真是叫人懷念啊，貞德。所有的一切都和過去一樣。」

Caster 就像是在觀賞一幅聖畫一般，神情恍惚地看著 Saber 的進退驅避漸趨激烈。

「即使置身於敵眾我寡的困境中，您依然毫不膽怯、絕不屈服。您的眼神總是相信自己的勝利，從來不曾懷疑。您果然一點都沒變，那份高傲的鬥志、尊貴的靈魂在在證明您就是貞德・達爾克。可是……」

他還是在說這些莫名其妙的話語。但是Saber壓抑住心中的怒意，專心砍殺面前的嘍囉。每一句話都和他爭辯的話，只會愈來愈稱了對方的心意而已。

「為什麼？您為什麼一直執迷不悟？為什麼還相信上帝的保佑？難道您以為會發生奇蹟把您從這困境中救出來嗎——我好悲哀！您已經忘了康白尼之戰嗎？忘了上帝把您從榮光的巔峰推落到毀滅深淵的陷阱嗎！受了那麼多侮辱，您竟然還甘心做上帝手中操弄的人偶嗎？」

真想讓那張胡言亂語的嘴巴閉上，讓他知道為了這種無聊的妄想而奪走無辜孩童生命的罪惡有多麼深重，此等罪惡的制裁又有多麼嚴厲——雖然Saber一心想要教Caster付出代價，但是劍尖卻總是碰不到Caster身上。受到前仆後繼的怪物十幾二十層的厚牆阻隔，她和Caster之前的距離實在太遙遠了。

觸手抓到一瞬間的可乘之機，從背後纏住Saber的脖子。Saber在脖子被勒緊之前，下意識伸手想要抓住觸手，但是拇指不靈活的左手只是白白擦過觸手的表面而已。

「嗚……」

Saber的動作停了下來，她眼前的視線完全被觸手所形成的厚牆所遮蔽。只能再次使用魔力噴射震開這些觸手，可是如此龐大的數量……

此時紅色與黃色的兩道閃電將怪物群掃開。

掙脫束縛的Saber深深吸了一口氣，氣喘吁吁。一道穿著草綠色戰衣的修長身影擋在她的視線前方。

「這樣很難看喔，Saber。妳的劍法如果這麼拙劣的話，可是有辱騎士王的名號啊。」

俊俏到近乎罪惡的美男子對著一臉愕然的Saber拋了個媚眼，那雙充滿魔性的視線唯有具備魔力抵抗力的Saber才能承受得了。與手中那對危險凶猛的長槍不同，迪爾穆德・奧・德利暗的微笑是那麼地輕鬆寫意。

「Lancer，你為什麼……」

Saber很訝異，但是Caster更是大吃一驚。

「什麼人？是誰允許你來礙我好事！」

「那是我要說的話，惡徒。」

Lancer冷冷地看著情緒激昂的Caster，左手短槍的槍尖直指Caster。

「又是誰允許你做出這種無法無天的行為？這個 Saber 的腦袋可是點綴我長槍的勳章。局外人還想要強取豪奪，這可是不知戰場禮數的小偷行徑喔。」

「愚蠢！愚蠢愚蠢愚蠢!!」

Caster 用力搔抓頭皮，瞪大了雙眼，發出怪聲大吼大叫。

「因為我的祈願！我的聖杯！才讓這個女人復活的！她是我的人……她的每一滴血，每一片肉，甚至她的靈魂全都是屬於我的!!」

可是 Lancer 完全不畏懼 Caster 的狂態，深深嘆了一口氣，聳聳肩膀道：

「你給我聽好了。奪走 Saber 左手自由的人是我，所以只有我一個人有權力可以占她這個便宜。」

Lancer 左右兩支長槍的槍尖緩緩舉起，擺出他獨特的雙槍架式。他站在 Saber 面前，就好像是把騎士王護在身後一樣。

「我說 Caster，我對你追女朋友其實也沒什麼意見。如果你非得逼 Saber 屈服，要了她的話，試試看倒也無妨。但是——」

美貌的戰士住口不說，雙眼逐漸浮現懾人殺氣。

「我絕不允許你搶在我迪爾穆德之前殺死『獨臂的 Saber』。如果你還不肯收手的話，從現在起我的長槍將會代替成為 Saber 的『左手』。」

回想起來，Saber已經是第二次像這樣看著Lancer的背影了。昨晚當她遭遇到Berserker的狂威時，Lancer也是像這樣插手介入。他這麼做都是為了想要光明正大地與曾經一度交手過的Saber一決勝負嗎？

「Lancer，你……」

「妳別誤會了，Saber。」

Saber話說到一半，Lancer剽悍的眼神瞟了她一眼，強調說道：

「今天我只收到召主一道指令，那就是命我殺死Caster。我沒有收到其他指示要對妳有什麼動作。我認為現在我們雙方最好聯手對付Caster，妳覺得呢？」

Lancer的解釋根本沒有說明為什麼他出手第一件事就先幫助Saber脫離險境。就算不這麼做，Caster的注意力完全只放在Saber身上，這個槍兵可以選擇繞到Caster的背後，殺他個措手不及。

可是Saber不過問這許多，她只是露出笑容，對Lancer點一點頭，向前站在Lancer的右側。

長劍的架勢完全朝向右方。Saber已經不在意左側的空隙了，現在她有一隻相當有力可靠的「左手」。

「Lancer，話先說清楚了——要是我的話，只用一隻左手就可以打倒一百隻那些小嘍囉喔。」

「哼，這點小數目有什麼困難。今天妳儘管當自己是左撇子吧。」

兩位英靈一邊互相說笑，一邊朝向怪物群聚的肉壁疾衝過去。無形之劍與雙魔槍橫掃扭動撓曲的觸手團塊。

「我絕不放過你……你這個自以為是的匹夫!!」

Caster手中的魔導書彷彿就像在呼應他的怒吼似的，一邊發出詭異的脈動，一邊翻動書頁。怪物出現的數量陡然倍增，觸手群幾乎擠滿了林木之間的空隙，向Saber與Lancer撲來。

更加激烈、更加凌厲的第二場戰鬥開始了。

-130:45:08

肯尼斯・艾梅羅伊・亞奇波特在冬木市內發現 Caster 的行蹤完全是出於偶然。

黃昏時分，當他發現穿著不符合現代時空背景的黑袍怪人漫步在住宅區的時候，讓他驚訝地撟舌不下。但是當他看著那名怪人攔下路邊經過的小貨車，使用暗示束縛住司機，然後像是領著幼稚園兒童的老師一樣，引導幼兒們坐上小貨車之後，隨即開始進行追蹤。

雖然要展開從靈對戰只能選在不會被人看到的地方，但是載著 Caster 的小貨車恰巧離開市區，往深山中駛去。肯尼斯本來還在竊喜天助我也，但是當他知道小貨車到達的目的地是艾因茲柏恩森林的時候卻猶豫了。

肯尼斯在戰前調查時，也曾經聽說過關於冬木市附近的艾因茲柏恩領地的事。既然那裡是魔術師的領地，當然具有一定程度的結界或是防護措施，局外人在那裡作戰很難占到上風。話又說回來，雖然他不曉得事情的來龍去脈——不過 Caster 特地大老遠跑來這裡，顯然有意挑戰艾因茲柏恩勢力，那麼這場戰鬥說不定有可乘之機。打定主意，他便帶著 Lancer 踏進森林結界。

事情果然如肯尼斯所想的一樣，Caster與現身迎擊的Saber展開戰鬥。從Caster那顛三倒四的言行舉止當中，肯尼斯已經知道Caster單獨一個人行動是因為他已經陷入失控狀態，但是Saber的召主同樣也沒有現身。對方可能是認為既然身處在自己的領地，就算從靈不在身邊也能自保，所以決定在後方的據點觀戰吧。

這樣一來，肯尼斯也決定該怎麼做了。

無論如何，肯尼斯先命令Lancer攻擊Caster。對於已經耗掉一道令咒的他來說，監督者提出的消滅Caster的報酬真是求之不得。但是就算在這種狀況下打倒Caster，結果等於和Saber組成共同戰線一樣，連艾因茲柏恩的召主都會得到特別贈送的令咒。這是他絕對不希望看到的事情。

所以肯尼斯把Caster交給Lancer應付，決定自己獨身一闖艾因茲柏恩城。如果想要獨占Caster的腦袋，只要同時把Saber的召主也一起除掉就可以了。

雖然這是一項大膽的挑戰，但是卻無法動搖肯尼斯的自信心。不論艾因茲柏恩有什麼防護措施等著，他都已經做好心理準備，要賭上艾梅羅伊爵士的名號加以徹底擊破。如果想要彌補昨晚索菈鄔指出的失誤，就必須要表現出這點狠勁給她看。對現在的肯尼斯來說，讓未婚妻收回她的汙衊是他最重要的課題。

帶著心中激昂高亢的鬥志，肯尼斯朝著森林深處一路直進。這座結界森林裡雖然布下了幻惑魔術，但是肯尼斯身懷的稀有知識以及直覺，輕而易舉就能找出結界的中樞位在何處，並且精確地分析。降靈課第一天才的威名可不是浪得虛名。

「艾因茲柏恩的術式如果只有這點程度的話，城裡的防備想必也不過爾爾。」

肯尼斯遊刃有餘，甚至還有心情如此輕笑。雖然他從英國帶來的各項魔導器全都因為飯店崩塌而喪失，但是他最強的王牌『禮裝』正寸步不離地帶在身上，戰鬥力還是非常充足。

阻擋視線的林木驀然消失，一座古老蒼勁的石造城堡出現在肯尼斯的眼前。不愧是大名鼎鼎的北方魔導世家，只是一座移建的副城規模就這麼龐大。但是肯尼斯也是名門亞奇波特的嫡傳少爺，常人面對這番威風的門面早就已經大受震撼，但是他卻一點都不覺得感嘆，只是嗤之以鼻。

「這裡還不錯。除掉艾因茲柏恩之後，就占領這座城堡當作新的據點吧……」

肯尼斯失去了凱悅飯店的套房，現在是把郊外的廢工廠當成暫時的棲身之地，把索菈鄔安頓在那裡。未婚妻的心情當然是大大地不快，更重要的是肯尼斯的自尊心絕不允許自己屈就在那種環境當中。

既然這樣決定了，那就盡量把建築物的破壞程度降到最低吧。

肯尼斯的臉上露出無畏的笑容，把抱在腋下的大陶瓷瓶放在地上。瓶子一離開他的雙手，瓶底就深深陷入地面中。他對瓶子施了重量減輕的魔術才有辦法帶著走，事實上這個瓶子的重量將近一百四十公斤。

『Fervor, mei sanguis（沸騰吧 我的熱血）』

肯尼斯低聲說出啟動術式的咒言之後，裝在瓶子中的內容物由瓶口成塊狀溢出。那散發著鏡面般金屬光澤的液體是大量的水銀。分量大約有十公升左右的水銀液體就像是擁有自律能力的單細胞生物一般流到瓶子外，聚集成一個球體，同時還輕輕顫動著。

這就是艾梅羅伊爵士最引以為傲的『月靈髓液（Volumen Hydragyrum）』——是他擁有的諸多禮裝中威力最強的一件。

『Automatoportum defensio: Automatoportum quaerere: Dilectus incursio（自動防禦 自動偵蒐 指定攻擊）』）

每當肯尼斯沉聲唱出一句咒語，水銀塊的表面就會跟著發出陣陣細微的震動，然後跟隨肯尼斯走向城門的腳步滾動過去。

肯尼斯擁有就算是魔術師界當中也很稀少的雙重屬性——『水』與『風』，最擅長兩者共通的「流體操作」術式。他創造出來的這種獨特戰鬥魔術就是把注入魔力的水銀當作武器，隨心所欲地操控。

水銀沒有固定的形狀。換一個角度來看，這也意味著水銀能夠變成任何型態——

「Scalp（斬）！」

肯尼斯大聲一喝，水銀球的其中一部分立刻變成細長的帶狀伸出。下一秒鐘，水銀就像是長鞭一樣發出破空聲撞擊大門。

而且在撞上大門前，水銀長鞭壓縮成僅僅幾微米厚的薄片狀，化為一把和剃刀一樣鋒銳的利刃。結果就是厚重的大門連同門閂像奶油一樣被切成兩段，發出沉重的巨響向內轟然倒下。

水銀是常溫之下重量最重的液態物質。以高壓、高速驅動水銀時產生的動能相當龐大，而且形狀能夠在一瞬間任意改變成長鞭、刀鋒，以及長槍的樣子，鋒利的程度甚至還凌駕於雷射之上，等同於超高壓水刀。

也難怪肯尼斯自信滿滿，勢在必得。面對艾梅羅伊爵士的月靈髓液，任何防禦手段都是枉然。從鈦鋼到鑽石，沒有任何一種物質是月靈髓液切不開的。

排除了擋路的障礙物，肯尼斯悠然自得地踏進城內大廳。吊燈放出絢麗的光輝，大理石地板磨得雪亮。城中的空氣很清新，讓人感覺直到剛剛這裡都還有人在——可是現在卻沒有一個人現身迎戰。

「亞奇波特家第九代家主，肯尼斯・艾梅羅伊・亞奇波特來此拜訪！」

肯尼斯威風凜凜地挺起胸膛，聲音傳遍無人的大廳。

「艾因茲柏恩的魔術師！把生命與尊嚴賭在你追求的聖杯上，現在就來一場光明正大的決鬥吧！」

沒有人回應肯尼斯的挑釁呼喚，其實他自己本來也不期待能夠按照正規形式進行決鬥。他發出一聲帶有嘲弄語氣的歎息，踩著響亮的腳步聲走到大廳中央。

就在這時候，擺設在寬廣大廳的四個角落，看似平凡無奇的四只花瓶忽然發出巨響爆開。飛散出來不是瓷器碎片，而是無數的金屬顆粒以有如槍彈般的速度朝著肯尼斯灑過來。

陷阱當中完全沒有魔術反應，肯尼斯甚至沒有察覺陷阱的存在。這也難怪，衛宮切嗣事先裝設在花瓶中的是一種稱為「闊劍指向性對人地雷」的殘忍裝設型炸彈。這種武器藉由炸藥的爆炸力將七百多顆直徑一．二公釐的鋼珠呈扇形射出，專門開發用來伏擊步兵集團，一口氣一網打盡。這種殺人兵器在四個方位一次全部爆炸開來，位在中央的目標絕對無路可逃，只能在一瞬間被炸得不成原型，變成一團絞肉。

——但這是指如果對方不是魔術師的情況。

就在多達兩千八百多顆鋼珠就要打到肯尼斯身上的那一瞬間，他站立的位置已經被銀色的圓球覆蓋，聚集在肯尼斯腳下的水銀塊在一剎那改變了形狀。

滴水不漏的水銀薄膜在肯尼斯周圍展開。厚度雖然不到一公釐，但是經由魔力壓縮，薄膜的張力與硬度幾乎與鋼鐵一樣。闊劍地雷的鋼珠洗禮沒有一發打中肯尼斯，全部都被擋住，彈開到整個大廳，結果只是把城內的裝潢打得稀爛而已。

這就是月靈髓液的『自動防衛』模式，這套預先設定好的術式會對任何可能危害肯尼斯的人事物做出反應，迅速張開超堅硬的防護膜。它的反應速度就如現在所看到的一般，甚至能夠快過槍彈，也就是月靈髓液的防衛系統保護肯尼斯與索菈鄔逃過凱悅飯店的崩塌危機。自由變化的水銀時而成為肯尼斯攻擊的劍，時而成為守護他的盾，是一套攻守俱佳的完美兵器。

「……哼。」

防護膜解除後，看著周圍慘狀的肯尼斯對敵方設下的惡毒陷阱冷哼一聲。雖然肯尼斯對軍用武器一無所知，但是他很清楚剛才襲擊他的不是魔術攻擊，只是利用一般炸藥的普通武器罷了。

在肯尼斯的腦海中，關於昨天晚上那讓人不愉快的事件真相終於大白。

他之前就已經猜測過，六組敵人之中，手下率領 Saber 的艾因茲柏恩勢力應該比任何人都急著想要打倒肯尼斯。但是艾因茲柏恩好歹也是赫赫有名的魔導世家，艾因茲柏恩的魔術師竟然訴諸那種低賤又沒品的手段。同是嚴守魔導尊嚴的人，肯尼斯實在很難相信這種事。

但是——現在已經沒有什麼好懷疑了。昨天晚上使用卑鄙至極的手段破壞肯尼斯工房的爆破專家，現在確實就在這座城堡裡。

「……艾因茲柏恩已經墮落到這種地步了嗎？」

在他的低語當中，感嘆之意更勝於憤怒。下手的不可能是Saber的召主本人，他們可能是雇用一些低三下四之輩以為己用。即使如此，這仍然是難以想像的墮落。肯尼斯絕對不能允許他們把沒有資格的人帶進這個神聖的戰場。

「——好吧。那麼這場戰鬥就不是決鬥，而是殺戮了。」

肯尼斯重新燃起殺氣，踏出腳步深入敵營內部。

衛宮切嗣雖然人在會客廳裡，但是利用設置在大廳暗處的CCD攝影機，他還是可以觀察到艾梅羅伊爵士最自豪的月靈髓液威力。

使用咒術操縱的水銀進行自動防禦——眼前看到的實物與傳聞中聽說的相去甚遠，沒想到反應速度竟然比對人地雷的爆炸還要快，這樣一來武器彈藥是不可能派的上用場了。

雖然很不情願，不過切嗣不得不承認肯尼斯確實是一流的魔術師。現在回想起來，早在凱悅飯店設下的陷阱沒有殺死肯尼斯的時候，他就應該得出這種結論了。

這就是說，衛宮切嗣也必須以「魔術師」的身分與這個敵人戰鬥才行。

為了要找出城堡中的敵人，肯尼斯應該會從一樓的各個房間開始一間一間找起。現在切嗣所在的會客廳是在二樓深處。只要切嗣馬上行動，還有時間挑選對戰鬥有利的場地。

切嗣一邊思索記在腦海中的城堡格局圖，一邊走向門口，打算離開會客廳——這時候他突然停下腳步。

有一條閃著金屬光澤的絲線從門上的鑰匙孔中垂下來，那是一滴水銀。極少量的水銀在門上留下銀色的軌跡，沿著門扉的表面滴落。

就在切嗣注意到的那一刻，水銀滴垂流的動作戛然而止，接著就像是生物一樣緣門而上，流回鑰匙孔中，一下子就消失地無影無蹤。

「……原來如此，這就是『自動偵蒐』嗎？」

就在切嗣皺著眉頭喃喃自語之後，銀色的閃光貫穿了鋪著絨毯的會客廳地板。

就在一眨眼的瞬間，房間中央的地板被切開一個圓形，塌到樓下。銀色的觸手由地板上的大洞一躍而出。

切嗣眼前出現的月靈髓液又變了一個形狀，看起來就像是一隻金屬水母。無數的觸手攀在地板上的開口邊緣，觸手根部的傘部張開成為平坦的圓盤狀，為主人提供一個安定的立足之處。站在上面露出勝利笑容的人不是別人，正是艾梅羅伊爵士。

「找到你了，骯髒的鼠輩……」

就在一派輕鬆的肯尼斯對水銀下達攻擊指令之前，切嗣從腰際的槍套中拔出Calico衝鋒槍，朝肯尼斯開火。

水銀立即反應，在肯尼斯面前張開防護膜，封殺了九釐米子彈的殺人暴風。僅僅過了幾秒鐘的時間，裝著五十發子彈的彈匣便打空了。

但是這幾秒鐘已經讓切嗣有充分的時間詠唱咒文。

「Time alter（固有時制御）—— double accel（二倍速）！」

在切嗣高聲說出咒文的同時，魔力的狂流蹂躪他的體內。

「Scalp（斬）！」

Calico衝鋒槍的彈幕一結束，肯尼斯立刻發出死亡宣告。回應呼喚而伸出的兩條銀鞭左右夾殺，發出破空聲，企圖切開動彈不得的獵物。

「嗯？」

驚愕的低沉叫聲是由肯尼斯口中發出來的。

就在兩條銀鞭即將截斷切嗣身軀的前一刻，切嗣突然以讓人難以置信的速度疾奔，從打來的兩條銀鞭之間穿過，躲開攻擊之後立刻往肯尼斯立足的月靈髓液正下方——也就是剛才被水銀斬擊切開的地板開口處縱身躍下。

一瞬即逝這句話形容的就是這種狀況。人類怎麼樣都不可能發揮出這種體能，肯尼斯一時之間還反應不過來，愣了一下。但是只要仔細一想，這並不是什麼值得大驚小怪的事情。魔術師的戰場就是比拚誰比較超乎常理。如果是一隻闖進了這塊領域的小老鼠，就算異於常人也沒什麼好奇怪。

「原來如此，看來他對魔術略知一二。」

雖然臉上露出輕笑，但是肯尼斯的心中愈來愈冰涼。如果只是普通的鼠輩也就罷了，那人再怎麼說也受過魔術的薰陶，卻是依賴這種下三濫手段的卑鄙小人。他不僅僅是個膚淺的三流腳色，還是個不擇手段的惡棍，就是這種人丟光了魔術師的臉面。

「可惡的人渣……你就以死謝罪吧。」

肯尼斯的長袍衣襬一翻，往樓下跳下來。解除水母型態的月靈髓液也跟在他身邊，像個橡皮球一樣彈跳而下。

「Ire: sanctio（追蹤抹殺）！」

水銀接獲指令，細微的觸角像飛沫般散開，再次在一樓全區展開地毯式搜索。水銀球立刻就找到目標的所在位置，在地板上快速滾動，急急而行。跑在後面的肯尼斯在嘴角露出嗜虐的笑意。

在走廊奔跑的切嗣因為施展術法的後座力，全身都發出痛苦的悲鳴。

他用來閃避肯尼斯禮裝攻擊的技術不是那種強化身體的初級魔術，而是難度更高、應用範圍更廣——但是代價也更重的魔術。

將特定空間的內側從「時間的流動」中分離出來隨意操控。這種『時間操作』是固有結界的一種，屬於大規模的魔術。但是這種嘗試絕對不是那種無法再次重現的「魔法」，而且與逆轉因果或干涉過去之類的「竄改時間」相比，這種減緩過去化、加速未來化的「調整時間」並不算什麼極端困難的魔術。問題在於結界的規模以及干涉時間的長短。

切嗣出身的衛宮家代代傳承這種關於操作時間的魔術研究，而這段研究的成果現在就積蓄在切嗣背上的魔術刻印裡。但是這種魔導非常消耗魔力，事前準備與儀式也很繁雜，是一種以施展大魔術為前提所設計的術式，在戰術上可說毫無用處，對於選擇在戰場上生活的切嗣而言，這套魔術本來是一無是處的遺產。

但是切嗣為了將他繼承的刻印做最有效的利用，獨自創造出一種應用方法，能夠將操作時間的術式以極小的規模且極高的效率施展出來。

為了方便施展固有結界，有一種辦法就是將結界的範圍設定在施術者的體內。在觀念上，將與生俱來的肉體與外界分離最是自然，來自世界的干涉力也最小。在這個最小規模的結界裡「調整」短短幾秒鐘的時間，這就是衛宮切嗣的獨門魔術『固有時制御』。

比方說剛才面對肯尼斯的時候，切嗣將血液的流動、血紅蛋白的燃燒、肌肉組織開始運動到結束所需的時間，全部加快「二倍的速度」，因為輕易就能看出水銀長鞭的活動軌道，接下來只要能夠發揮出足以閃避攻擊的反射速度就可以了。切嗣藉由加快自己體內的時間，成功展現出常人不可能達到的體能。

這種魔術的缺點就是會對肉體造成極大的負擔。

調整時間的魔術必然會使結界內外的時間流動產生誤差，結界解除之後，就會發生一股自然力來彌補這段斷層，這就是所謂「世界的修正」。這股修補的力量當然會施加在「被操縱的一方」，切嗣的結界也就是肉體本身會被擠壓扭曲，以配合原本的時間流動。

一般來說，使用魔術總是伴隨著與死亡為伍的危險性，切嗣的『固有時制御』魔術更是風險極大的魔術。在不傷害肉體的狀況下，最多只能施展到兩倍的速度。再繼續下去的話就是自殘身軀的賭命行為了。

和肯尼斯使用的魔術比起來，切嗣的魔術既沒有他那麼華麗誇張，威力也有所不及。但是切嗣不認為這場戰鬥不利於己。肯尼斯已經喪失打倒切嗣的最好機會——也就是禮裝所使出的第一次攻擊。對手可能不以為意，但是面對切嗣，這可以說是最大的失誤。禮裝的真實面目一旦曝光，就讓切嗣有機會推敲它的性質，接下來就是『魔術師殺手』的「狩獵時間」了。

切嗣一邊奔跑，一邊替換 Calico 衝鋒槍的螺旋彈匣，接著將 Contender 裝填的彈藥換成普通子彈。現在還不急著打出王牌，如果想要確實打倒肯尼斯，還必須要用煽動的方式繼續刺激他才行。

艾梅羅伊爵士的水銀武裝不但攻防兼備，而且還具有偵蒐能力。但是切嗣已經從這三項要素當中看出弱點了。

首先是偵蒐能力——

切嗣選定一個轉角停下腳步，藏身在柱子之後。水銀的滴流不只從他背後，也從面前的走廊無聲無息地滑過來。水銀觸手已經張開天羅地網，只怕切嗣早就已經無路可逃了。

當液態金屬負責擔任感覺器官的時候，它所能感知、傳達的情報是什麼？在視覺、嗅覺或是味覺方面，要是沒有專用的感測裝置不可能偵測得到。關於這一點，肯尼斯的禮裝優點就是在於原理簡單，所以能夠發揮千變萬化的萬能用途，就可能性來說可以不做考慮。

最有可能的就是觸覺吧。但是當切嗣在會客廳被偵查到的時候，水銀還沒碰到切嗣就已經抓出他的所在位置。

如果水銀的觸覺極為靈敏，或許有可能藉由判別空氣震動以代替聽覺，從氣溫變化來偵測熱源。

看著從前後方向爬近的水銀滴流，切嗣低聲一笑。**那玩意兒並不是看得見**，只要把心跳聲、呼吸聲，甚至連體溫都隱藏起來的話，切嗣的存在就會變成透明無色。

「Time alter(固有時制御)── triple stagnate(三重停滯)」

就在口中低聲詠唱的同時，切嗣的視野變得極端明亮。

這當然不是因為外界產生什麼變化，只是眼睛的錯覺而已。切嗣的視神經在辨識影像的時候，視網膜接受到平時三倍的光亮。

這次的固有時制御和剛才的高速體能相反。切嗣把自身的生物機能減慢到三分之一的速度。呼吸變得緩慢，心跳次數與脈搏的節拍都慢慢開始停滯。停止新陳代謝的身體喪失體溫，一下子就降到與外界氣溫差不多的溫度。

在如同雕像般停止的切嗣眼前，水銀滴流以急促的速度通過。果不其然，它們什麼都沒有偵測到。細微的呼吸與微小的血液流動聲音混雜在自然界的噪音裡，水銀沒有把切嗣現在的生物反應判斷為人類的生物反應。

可能是偵蒐結果認為此地無人吧，水銀觸手迅速沿著過來的路徑倒流回去。取而代之的是踩踏大理石地板發出的喧囂腳步聲。肯尼斯以為這條走廊上沒有人，就這樣毫無戒心地靠近過來……

「Release alter（控制解除）！」

視野的明亮度、聽覺的周波數全部一口氣回到原本的速度。切嗣的心臟突然發生極嚴重的心律不整，一陣全身血管幾乎破裂的劇痛感襲擊而來。對切嗣來說，血液的流動速度彷彿增加三倍。實際上他全身上下都有微血管破裂，身上到處出現內出血的瘀青。

可是切嗣完全不理會這種折磨人的痛楚與傷害。他從柱子後一躍而出，與剛好踏進走廊的肯尼斯距離約十五公尺左右，左手擎著的Calico衝鋒槍朝一臉驚愕的魔術師開火。

肯尼斯大吃了一驚，但是月靈髓液這次仍然忠實完成它的使命，剎那間便張開防護膜，擋下九釐米子彈的狂潮，再度重演剛才在會客廳裡的攻防。

「——你這笨蛋，還在做無謂的掙扎！」

肯尼斯雖然被切嗣這一手不可能的奇襲嚇了一跳，但是當他知道切嗣展開的攻擊還是那一〇一招的槍擊時，忍不住在防護膜之後失笑。但是他哪裡知道嘲笑的對象已經看穿了自動防禦的弱點。

在 Calico 衝鋒槍的子彈打完之前，切嗣用空著的右手拔出 Contender，對準呈半球狀展開的防護膜正中央開槍。

月靈髓液為了對抗 Calico 衝鋒槍的彈雨，已經變形為最適合的形狀。但是點 30-06 Springfield 彈的子彈初速是九釐米手槍彈的二・五倍以上，破壞力相當於九釐米彈的七倍。

切嗣已經看穿月靈髓液的速度祕訣是在於壓力。如果水銀處於球狀團塊的狀態下才可以用比子彈還快的速度擴散成薄膜狀吧。但是一旦液體已經擴散成為薄膜狀，就無法施加足夠的壓力讓它瞬間變形。這完全是因為流體力學的極限。

因此，水銀雖然想要立即變成更加堅固的防護型態抵禦其他更強的攻擊，但是卻已經來不及——

如同鏡面般明亮的水銀膜開了一個黝黑的大洞，從另一邊傳來肯尼斯的慘叫聲，讓切嗣知道 Springfield 子彈破膜而過已有斬獲。

但是既然是對著遮蔽物內側的目標射擊，當然沒有辦法瞄準。能夠順利讓肯尼斯負傷已經是萬幸，期待這種攻擊會造成致命傷未免也太過奢望。

實際上，肯尼斯的慘叫已經轉變為憤怒的怒罵，然後——

「Scalp（斬）！」

充滿殺意的斥喝對水銀發出必殺一擊的指令。

切嗣以逸待勞，迎接發出破空聲急速殺來的銀鞭。這次甚至不需要施展固有時制御，他和肯尼斯之間相距十多公尺遠，有這麼長的距離就足夠了。

切嗣閃躲斬擊的動作真是千鈞一髮，但是沒砍到就是沒砍到。水銀刀刃切到的東西就只有稍微揚起的大衣衣襬而已。

雖然切嗣只看過一次月靈髓液的攻擊，但是要看出它的特性並不困難。看似超高速的攻擊，實際上卻是十分單調的動作。

當水銀變成長鞭型態的時候，只有根部的部分以極快的速度甩動長鞭，末端一點力道都沒有。刀尖的威力與速度純粹來自於離心力，像切嗣這種精於近身戰鬥的人輕易就能看出水銀運動的軌道。這也是以壓力操控水銀的特性，只有體積較大的部分可以發揮足夠的力量，愈靠近末端力道就愈弱。剛才從本體遠遠伸出進行偵蒐的液滴動作不如斬擊鞭靈敏，切嗣一看立即察覺了這個弱點。

不待敵人繼續攻擊，切嗣轉身便跑。肯尼斯馬上追來的話就好，如果他還有心先處理槍傷的話，就表示對他的刺激還不夠。

這是切嗣第一次能夠打穿防護膜，可能也是最後一次了。經歷過威力更高於 Calico衝鋒槍的Contender攻擊，月靈髓液的自動防護應該會變得更堅固。面對切嗣下一次攻擊，它一定會使出連Springfield彈的破壞力都能防禦的護壁。肯尼斯應該會動用他所有魔力，強化水銀的防禦。

「就是要他這麼做。」

切嗣一邊鞭策疼痛的身軀急奔，一邊打開Contender的槍膛，抽出空彈殼扔掉。然後把為了現在這重要時刻而保存起來的魔彈裝進槍膛內。

一定要讓肯尼斯為了防護切嗣的攻擊而使盡全身的魔力才行。就是為了這個目的，切嗣才會在第一次攻擊使用普通子彈讓肯尼斯知道威力，引誘他提高戒心。

如果一切都依照切嗣的推測進行的話——再過不久肯尼斯就會為自己挖出一個超大墓穴。接下來就看切嗣如何把他推進去，迅速把墓穴埋起來了。

魔術師殺手的「狩獵準備工作」現在可說進行得非常順利。

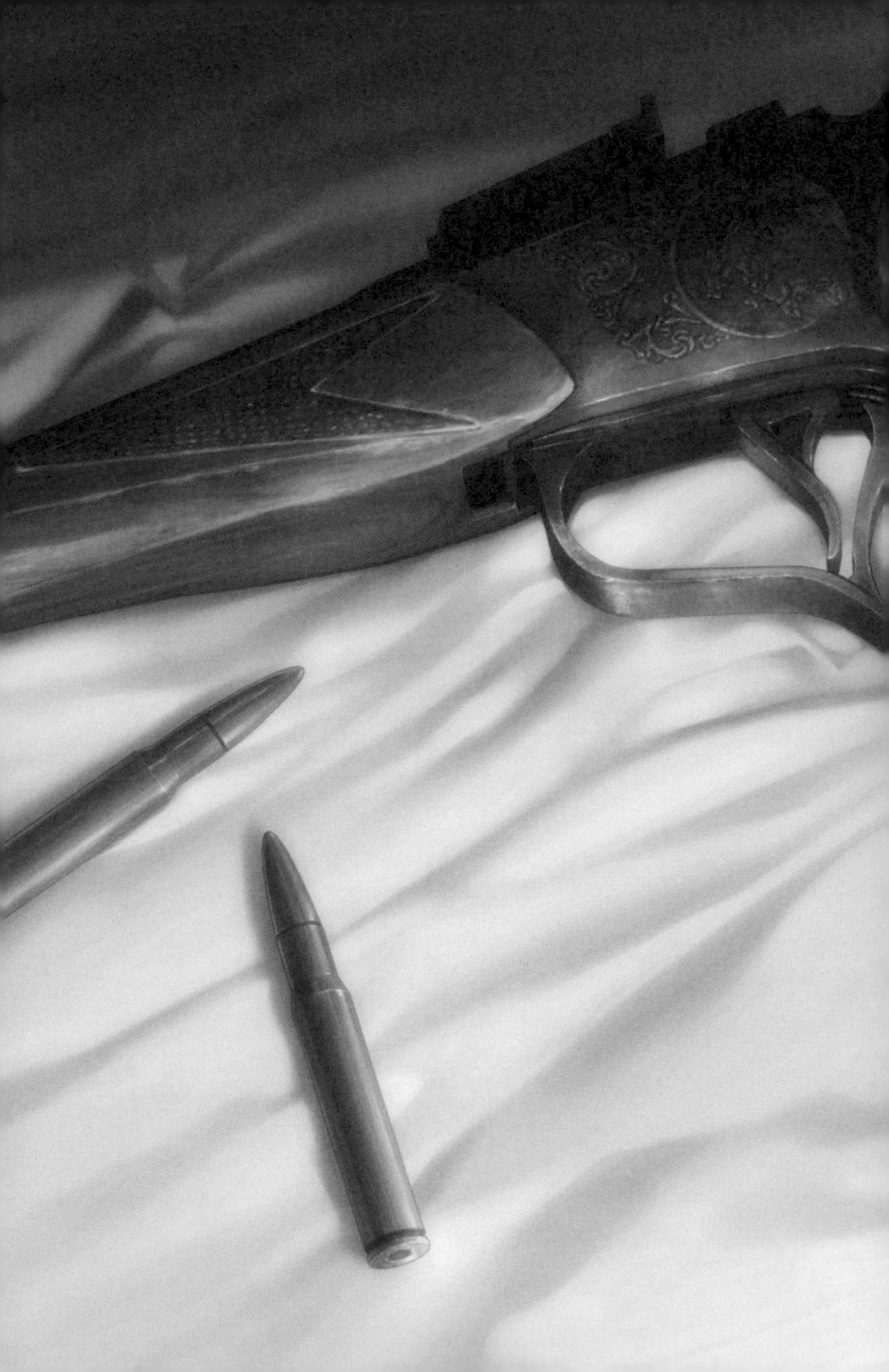

ACT.7

-130:44:57

仔細一想，自愛莉斯菲爾踏上冬木之地以來，這是她第一次感到「不安」。

愛莉斯菲爾重新體會到總是隨侍在側的Saber，那嬌小身軀所散發出來的冷靜自信與包容力讓她多麼地安心。

她並不是對現在代替Saber跟在身邊擔任護衛的久宇舞彌感到不放心。切嗣認定舞彌有足夠的能力，她不會對這一點有任何懷疑。

那麼心中這股奇妙的不安感覺又是什麼？

自從離開城堡之後，在結界森林中行進的兩人之間完全沒有對話。舞彌看起來確實不像是喜歡閒話家常的類型，但是她那種完全的沉默也讓愛莉斯菲爾覺得很有壓力。

如果由我主動開口的話她會回應嗎？就算試一試也沒關係吧。兩人已經來到遠離戰場的安全地帶了，反正現在的狀況也還沒有緊張到必須要求絕對安靜。

正當愛莉斯菲爾下定決心要開口的時候——她卻不知道該聊什麼事，喉嚨又哽住了。

她想問的事情太多太多。舞彌與切嗣的邂逅、和他一起度過的回憶、由舞彌看來切嗣是什麼樣的人……每一件事她都好想知道，但是相反的，她也很猶豫該不該聽這些問題的答案。

久宇舞彌很熟悉愛莉斯菲爾最陌生的衛宮切嗣。

如果從舞彌口中說出的回答太過駭人，粉碎了愛莉斯菲爾心中丈夫形象的話——愛莉斯菲爾沒有足夠的根據可以否定這種可能性。因為對她來說，兩人相見之後，這短短九年的時間就是她心中切嗣的全部。

就在愛莉斯菲爾心中百轉千迴的同時，沉默的氣氛依然不變。兩人之間的氣氛非常尷尬，但是舞彌完全不理會愛莉斯菲爾的心情，只是默默地踩著腳步前進。

「——我還是不知道要如何和這個女人相處——」

就在愛莉斯菲爾垂首深深嘆一口氣的時候，有一道警報在她腦海中閃過。

「——？」

舞彌回頭，帶著疑惑的眼神看著停下腳步、渾身緊繃的愛莉斯菲爾。

「怎麼了？夫人。」

「……又有其他入侵者出現了。正好就在我們前進的方向，再繼續往前走就會碰上對方。」

這並不是什麼意外之事。舞彌冷靜地點頭說道：

「那我們就繞路走吧。只要從這裡繞到北邊的話就安全了。」

「……」

使用遠望魔術查出入侵者身形的愛莉斯菲爾看得出神，無法馬上回應。

高大的威武身軀穿著漆黑的僧袍，剪得短短的頭髮與一張精悍的面孔。這張臉龐與切嗣收集的資料照片完全一樣。

「……過來的人是言峰綺禮。」

當愛莉斯菲爾這句話說出口時，舞彌臉上露出的表情變化反而讓她嚇了一跳。

久宇舞彌是一個臉上總是一片森冷，面無表情，讓人完全看不出有任何情緒的女性。愛莉斯菲爾還以為她的內心一定也像冰一般冷澈——

現在她第一次看到舞彌顯露的「感情」中同時蘊含著焦慮與惱怒，神情雖然平靜卻又急切，隱隱可以看出不同於恐懼的危機感。她害怕的不是綺禮這個人，而是綺禮現在出現在此地的這件事。

就在愛莉斯菲爾看出這許多事的時候，她恍然大悟。不需要什麼長篇大論，她突然明白了久宇舞彌這位女性的內心世界。

「舞彌小姐，切嗣給妳的命令是要妳保護我的安全對不對。」

「是的，可是——」

「可是什麼？妳是不是在想，絕對不可以讓那個男人見到切嗣？」

愛莉斯菲爾露出促狹的笑容，點破舞彌的心思，果然讓她無言以對。

「夫人，妳……」

「真巧。我的想法和妳完全一樣呢。」

對切嗣來說，言峰綺禮這名男子將來很可能會成為他最危險的威脅。舞彌光是聽到這個名字反應就這麼大。

愛莉斯菲爾雖然生為人工生命體，但是墜入情網後成就這場戀愛而成為人母的她，甚至已經獲得一種人偶絕對無法理解，人類特有的超常感官能力——也就是「女性的直覺」。

「我們兩人把綺禮擋在這裡。這樣好嗎？舞彌小姐。」

舞彌猶豫了一會兒，帶著微妙的表情點點頭。

「非常抱歉，但是要請您做好心理準備，夫人。」

「沒關係，不用擔心我，妳只要完成妳的使命就好了。不是切嗣給妳的命令，而是妳自己覺得必須達成的使命。」

「是。」

雖然早就已經稍微察覺到了，但是正因為如此所以才害怕去確認。

現在愛莉斯菲爾明白了，明白自己之前一直躲著舞彌的理由……不是因為畏懼她，而是害怕自己察覺她的內心。

察覺到事實上心心念念想著衛宮切嗣的女人，並不只有自己一個人。

身處在即將面臨死鬥的激昂感當中，愛莉斯菲爾忍不住愉快地笑了出來。手中提著 Calico 衝鋒槍的舞彌訝異地側眼看著她。

「……怎麼了？」

「人心真是不可思議呢。」

如果是為了切嗣，可以不惜賭上性命。除了自己以外還有其他人也有相同的決心。之前這個答案還讓她那麼害怕不安。可是現在——這件事實卻讓她覺得非常放心。

對言峰綺禮來說，想要推測出艾因茲柏恩陣營可能選擇的下一步行動並不是多困難的事。

其他召主全部都以 Caster 為目標，而 Caster 又把目標放在 Saber 身上。不需要多做無謂之舉，最佳的戰略就是做好萬全的迎擊準備，在陣地中守株待兔，等待敵人襲擊。

只要這樣一想，根本不用費心去找他們的所在地。冬木市郊外的艾因茲柏恩森林——他們沒有理由不利用那裡。綺禮認為衛宮切嗣一定也在那座森林裡面。

綺禮當然完全不打算在戰鬥中插上一腳。森林東邊成為戰場的機率很高，來自冬木方面的敵人一般都會想到由那個方位攻過來。

所以綺禮守在西側的森林外，等待戰端開啟。當戰鬥依他所預料在東邊展開的時候，他要賭賭看有沒有機會從戰場背後出其不意地襲擊城堡。

綺禮事先已經派遣靈體化的 Assassin 進入森林裡進行斥候，依靠 Assassin 氣息遮蔽的技能就能相當深入結界內部而不被察覺。想要靠近城堡當然還是不可能，但是可以監視森林外緣的狀況。

不出所料，Caster 與 Saber 在森林東邊發生衝突，而且運氣更好的是，艾因茲柏恩只派出從靈應戰，召主本人採取守城不出的態勢。每一件來自 Assassin 的報告都是對綺禮有利的好消息。

如果衛宮切嗣真的被艾因茲柏恩僱用擔任獵犬的話，那麼他現在一定是在保護與從靈分開而毫無防備的召主。現在正是甕中捉鱉的大好良機。

接著當綺禮收到 Assassin 的警告，聽說艾梅羅伊爵士也往城堡前進之時，他還是沒有猶豫，反而還有些焦急。要是衛宮切嗣死在肯尼斯的手下，綺禮的目的就落空了。為了要和切嗣見面，綺禮抱定不惜和肯尼斯一戰的覺悟，快步在森林中前進。

另外，依照戰況的演變，切嗣也有可能為求脫身而放棄艾因茲柏恩城。這時候他當然會選擇往從靈正在進行戰鬥的東邊完全相反的方位尋求退路，到頭來還是有可能與綺禮打上照面。

為了預防萬一，綺禮一邊快速前進，同時也已經準備好隨時應戰——所以他才能對這突如其來的殺氣靈敏地做出反應。

綺禮迅速蹲下身子，槍林彈雨發出轟然巨響，在他頭頂上掃射而過。如果在出其不意的狀況下遭受全自動射擊的強大火力攻擊，就算是再老練的士兵有時候還是會戰意受挫而被失去判斷能力，但是聖堂教會的代行者卻是例外。綺禮不慌不忙，冷靜判斷狀況。

敵人只有一名。由槍聲的音質聽起來是九釐米以下的衝鋒槍。手槍子彈欠缺貫穿力，力量不足以打穿樹幹，所以在森林中的危險性比突擊步槍還低得多。

綺禮從槍聲發出的方向抓出敵人的位置，射出兩支黑鍵，可是卻沒有自己預期一般射中對手，只聽見劍刃刺進樹幹的悶響而已。

「……嗯？」

銳利的殺氣又從疑惑的綺禮側面刺過來。

從左手邊又傳來槍聲。雖然綺禮又在千鈞一髮之際閃開，但是這次的狀況比剛才的槍擊還要驚險。之前判斷敵人只有一名讓他的反應稍稍有些遲鈍。

但是實在奇怪。

兩次射擊的位置完全不同，對方的移動速度太快了。但是如果打一開始就有兩名槍手的話，應該會互相配合時機，採用交叉攻擊的方式確實狙殺綺禮才對。

綺禮心中帶著不解的疑問，這次又再感覺到四道氣息。他的左右手立刻各取出兩支黑鍵，一共四支。同時另一道直覺在他腦海裡閃過。

「這應該是——幻覺？」

這並不是不可能。綺禮已經來到森林結界中相當深的位置了。如果結界的組成中設有幻惑魔術，附近又有能夠操作魔術的術者在的話，就能夠針對綺禮個人擾亂他的感官能力。

看不見的狙擊手果然只有一個人嗎？如果只有一個人，那麼操作幻術的也是他嗎？還是說另外有人負責支援……

不管如何，在找到突破術法的線索之前只能隨著敵人的步調起舞了。綺禮舉起四支黑鍵，迅速朝著四方氣息連續擲出。

——四支黑鍵果然都沒有擊中目標。

就在綺禮因為事態陷入膠著而煩躁地咂舌時，彈雨直接擊中他的背後。

第三次射擊連一點氣息也感覺不到，之前的兩次攻擊反而是欺騙綺禮的虛招。如果這道幻術能夠演出殺氣欺敵，應該也可以掩飾真正的殺意。

穿著僧袍的高大身軀哼也不哼一聲，雙腳一絆，仰天倒下。沒有痙攣也沒有痛苦的呻吟。

應該是依照計畫射穿脊椎當場死亡了吧——舞彌這麼判斷，從狙擊位置站起身，手中的 Calico 衝鋒槍對準仰躺的綺禮，小心翼翼向他靠近。

「——舞彌小姐，不可以！」

愛莉斯菲爾馬上看出這是陷阱，對舞彌發出念話警告，但是這時候已經來不及了。

仰躺的綺禮沒有起身，只有手臂一擺，射出一支暗藏的黑鍵。低軌道射來的黑鍵割傷舞彌的右腳小腿，讓她錯失進行下一步動作的時機。

綺禮高大的身軀如同彈簧機關似地彈跳而起，朝著舞彌猛衝過去。舞彌毫不畏懼，舉槍便射。

但是綺禮連躲都不躲，只是用雙手擋住頭臉。立領僧袍到袖子的部分都是以克拉纖維製作，而且還在衣服裡邊緊密地加上一層教會代行者特製的防護咒符。如果是九釐米口徑的子彈，就算在最近距離也不可能打穿。即使如此，一秒鐘兩百五十呎磅十連擊的動能，仍然像金屬球棒的猛力敲打般連續痛擊綺禮的身軀。但是他鍛鍊到極致的筋肉就像是鎧甲一樣，完全保護骨骼與內臟免於受到衝擊力的傷害。

發現綺禮全身都穿著防彈衣，舞彌立刻扔下手中的 Calico 衝鋒槍，從大腿側拔出一把藍波刀。克維拉纖維有一種特性，雖然耐槍彈，但是對於刀刃的切割卻極為脆弱。既然槍戰不管用的話，那就從近身戰中尋找生路。

待槍彈攻擊停歇，綺禮兩手又各自抽出一支黑鍵，從左右兩邊畫出一道十字向舞彌砍去。舞彌不讓受傷的右腿受到負擔，用寬厚的刀身格開黑鍵的連擊。

黑鍵的劍身雖然遠比藍波刀長，但畢竟是專門用來投擲的兵刃。在近身戰當中，黑鍵因為劍柄極端短小而欠缺平衡，舞彌的大型刀在靈活度方面反而占有壓倒性的優勢。

「有機會——！」

舞彌以半捨身的氣勢猛撲上前，在這種距離之下黑鍵應該很難防守，就算遭到反擊而被砍傷，受到重傷的可能性也不高。

面對舞彌右手的尖刀，綺禮同樣也以右邊的黑鍵應付。他可能是想靠修長劍身的攻擊距離反擊，劍身與藍波刀輕擦而過，直刺過來。

對舞彌來說，她早已料到有此一手，想要閃躲輕而易舉。只要稍微側過頭，閃過黑鍵的劍尖，就可以一舉直接衝進敵人的懷裡。

可是就在舞彌即將確認自己打贏的時候，綺禮卻做出意想不到的行動，讓她大吃一驚。

雙方的右手就像是拳擊中的交叉反擊一般彼此交錯——但是綺禮應該握著黑鍵短柄的右手卻是空的。在突刺到一半的時候，他放開了手中的武器。

也就是說綺禮的右手打一開始就不是要用黑鍵刺殺舞彌——

筋骨結實的有力手指，纏上舞彌右手腕。

昂然挺立的修長黑袍身軀像條蛇般揉身一彎，就這樣穿過舞彌的右臂下方。下一秒鐘，綺禮用一種類似讓負傷者搭肩的姿勢把舞彌的右手扳在肩後。

在無以回天的致命絕望感之中，舞彌發覺自己被對方是使用黑鍵的代行者這點先入為主的觀念給欺騙了。這個動作是中國拳法八極拳中的——

就在綺禮側邊的身軀緊靠在舞彌腰際的同時，他的左手肘在舞彌的鳩尾處一撞，同時左腳用力掃開舞彌支撐重心的腿。

這一招『六大開・頂肘』使得乾淨俐落。從綺禮抓住舞彌持刀的手腕之後，所有動作都在瞬間一氣呵成。正是八極拳的最高境界，攻守一體的套路。

舞彌被狠狠砸到地上，根本無法採取防禦姿勢。過於強烈的衝擊力道讓她陷入彷佛四肢全部都從根部被卸下來的錯覺，全身麻痺無法動彈，只有胸口受到肘擊衝撞的劇痛直衝腦門。肋骨肯定被打斷了二、三根。

僅僅一招，綺禮只用一招就讓久宇舞彌陷入無法戰鬥的狀態。既然已經知道衛宮切嗣的所在位置，現在的他對舞彌沒有一絲執著。為了迅速揮下最後一擊，綺禮握緊拳頭——就在此時，他看見了一件事情，讓他懷疑自己的眼睛是否出了問題。

舞彌同樣也感到又驚又慌。在和綺禮決鬥之前，她已經和愛莉斯菲爾說好，要愛莉斯菲爾自始至終躲好不要出來，專心進行支援工作。而她——除了使用魔術之外應該沒有其他任何戰鬥手段的愛莉斯菲爾卻從樹木之後飄然現身，與言峰綺禮面對面。

「夫人，不可以！」

舞彌絕對想不到現在自己臉上的表情有多麼驚恐又慌張。對她來說，愛莉斯菲爾陷入危機比自己面臨生死險境更加嚴重。

現在的切嗣如果遭逢喪妻之痛的話——對一個誓言保護切嗣的人來說，再也沒有哪種危機比這件事情更加絕望。

綺禮自己也對眼前的狀況有些難以理解。

魔導家族艾因茲柏恩因為太過專精於煉金術而不擅長戰鬥技術，這是眾所皆知的事情。因為北方魔術師一門在實戰裡相當軟弱無力，所以三次聖杯戰爭都被迫在初期就淘汰出局。招攬那名叫做衛宮切嗣的傭兵，應該也是源自於過去那些屈辱回憶的深刻反省才是。

現在這個女性護衛已經倒地不起，艾因茲柏恩的召主怎麼可能親自現身阻礙綺禮的去路。

綺禮現在這時候還是認定在他面前的銀髮女子才是Saber的召主，所以他也認為如果這名銀髮女子喪命的話，同時就代表艾因茲柏恩陣營落敗。

這個女人應該是不惜犧牲任何代價都要逃出生天的帥棋才對。

「──女人，妳可能會覺得很意外，不過我來此的目的不是要殺妳。」

這段發言等於是在敵方召主面前放棄戰鬥，綺禮也不認為對方會相信。明知枉然，他還是嘗試進行交涉。現在的狀況與他的期望相差太多，在戰場上與衛宮切嗣相見，這才是他的目的。和這個主旨比起來，聖杯戰爭的戰況勝負只是其次而已。

當然，綺禮並不期望對方會聽信自己這番話──

「我當然知道，言峰綺禮。」

──就是因為綺禮不抱有任何期待，銀髮女子的回答更讓他一頭霧水。

「我很清楚你的目的是什麼，但那是不可能的。你絕對無法走到衛宮切嗣身邊……我們倆會阻止你，就在這裡。」

「……」

愛莉斯菲爾把高大代行者臉上的疑惑表情看作是事態有利於己的象徵。對手顯然小看了她的能力，敵人的粗心大意就是己方的機會所在。綺禮恐怕是根據艾因茲柏恩家的魔導特性判斷她是沒有能力直接戰鬥的魔術師吧。

愛莉斯菲爾抽出藏在大衣袖口中的「兵器」。那東西乍看之下可能一點都不像凶器，只是一件無啥威力的玩意兒。在她五指之間張開的是一團又細又柔軟的銀絲線。

「夫人，這個男人是代行者——是獵殺魔術師的高手！普通的魔術是奈何不了他的！」

舞彌跪在地上，忍著痛大聲喊道。愛莉斯菲爾對她微微一笑。

「我從切嗣那裡學到的東西可不是只有開車技術而已喔。」

在啞然無言的舞彌以及帶著懷疑眼神的綺禮面前，愛莉斯菲爾把魔力灌注在銀絲線上。細長的金屬線圈馬上鬆開，開始像生物一樣在她五指間的空隙流動。

綺禮的認知只有一半是正確的。愛莉斯菲爾繼承的家傳魔術確實都是物質的鍊成、創製以及相關的應用技術，她幾乎完全不懂任何可以直接造成傷害或是破壞的術法，而切嗣也沒有教導她攻擊用的魔術。再者說到魔術師的位階，事實上愛莉斯菲爾的位階比丈夫還要高段，切嗣不可能成為她魔導方面的導師。

切嗣教給愛莉斯菲爾的是一種不同於人偶的生活方式。哭泣、歡笑，以生命謳歌喜悅與憤怒——他教給愛麗斯菲爾「活著」這句話真正的意義。

而這些指導同時也讓愛莉斯菲爾學到「生存」的意志決心。

綺禮的認知只有一半是錯誤的。愛莉斯菲爾已經學會如何應用她既有的魔術當作攻擊手段的「戰鬥方式」。這是她從大半生在戰場上度過的丈夫背影所學習到的東西——她學到如果**希望**與丈夫一同「活下去」的話，總有一天必須和他共同面對「求生」的挑戰。

「Shape ist leben（形骸啊獲得生命）！」

短短兩小節的詠唱一口氣完成魔術。貴金屬的型態操作是艾因茲柏恩家的拿手絕活，這項祕蹟是其他人都難以望其項背的。

銀色的絲線往來縱橫，畫出弧形，形成複雜的輪廓。彼此纏繞、糾結，就像是編織藤器一般形成一件複雜的立體物。威風凜凜的雙翼與尖喙，還有帶著尖銳鉤爪的腳。精製的銀絲作品仿製出一隻巨大的雄鷹。

不，那不光只是模仿外型而已——

『Kyeeee !!』

銀絲雄鷹發出如同金屬刀刃彼此摩擦的尖銳鳴叫聲，由愛莉斯菲爾的手臂展翅騰空。這是煉金術所創造的速成人工生命體，愛莉斯菲爾現在面對生死關頭，把生命寄託在這件『武器』上。

雄鷹飛翔的速度快如子彈，遠遠超過綺禮的想像。他立刻扭轉身子，勉強躲開。剃刀般銳利的尖喙正好擦過鼻尖。

第一次攻擊一擊不中，銀絲雄鷹馬上在綺禮的頭上盤旋。這次牠張開雙腳的鉤爪急速抓來，對準綺禮的臉部。但是代行者也不是只守不攻，他不畏鋒銳的鉤爪，使出裡拳奮力一揮，想要擊落雄鷹。

急速衝下的雄鷹已經無法改變軌道，鐵拳正中飛鷹的腹部。

「唔!?」

可是發出驚訝呼聲的人卻是綺禮。拳頭打中的瞬間，飛鷹的身軀同時一扭，恢復成不定形的銀絲線，這次卻像是爬藤般纏住他的右拳。

綺禮馬上想要用左手扯開，反而連左手都被銀絲線捲了進去。銀絲線剛才還以飛鷹的型態在空中翱翔，現在卻像是手銬一般緊緊綁住綺禮的雙手。

「……哼。」

但是綺禮可是過去曾經與眾多魔術師經歷生死激戰的老練戰士。他只冷哼了一聲，突然朝愛莉斯菲爾猛衝過去。只不過是雙手被封鎖而已，沒什麼好怕的，只要靠近她的身邊給她一腳就可以結束戰鬥。

「你太小看我了！」

愛莉斯菲爾大喝一聲，在銀絲線中貫注更多魔力。一撮銀絲從線團中解開伸出，這次又像是長蛇般在空中疾飛，纏上附近一棵樹的樹幹。

綺禮也抵不過這招。在他失去平衡腳步踉蹌的時候，銀絲線在樹上愈纏愈多，把他拖了過去，最後終於將他的雙手緊緊綁在樹幹上。

那是一株樹幹有三十多公分粗的大樹。就算綺禮使出他的怪力也不可能折斷這棵樹或是把樹木連根拔起。這次他真的被綁得完全無法動彈。

但是即便如此，愛莉斯菲爾還是差點屈服在他的腕力之下。她本來打算利用銀絲線的壓力絞爛綺禮的雙手。可是鍛鍊得如同鋼鐵般的筋骨真是超乎想像地強健，她的金屬絲線繃到極限，幾乎已經到隨時可能斷裂的地步。為了不讓絲線斷掉，愛莉斯菲爾必須持續發動她所有的魔力強化金屬，繼續保持繃緊的狀態。

「……舞彌、小姐……動作快！」

現在手中掌握勝利機會的人——是還趴在地上的舞彌，只有她才能殺死無法動彈的綺禮。不用靠近到對方踢擊所及的範圍，只要把子彈射進那毫無防備的頭顱裡就可以了。現在綺禮無法像剛才一樣用防彈衣的袖子保護頭部。

雖然時間還沒過多久，不過舞彌也已經逐漸恢復，雙手雙腳又有感覺了。即使斷折的肋骨讓她痛得忍不住發出呻吟，她還是緩緩在地上爬行，逐漸靠近扔在地上的Calico衝鋒槍。

決勝關鍵就在這幾秒間的耐力比拚——愛莉斯菲爾咬緊牙根忍住魔力迴路的疼痛，一邊這麼想著鼓舞自己。

只要讓金屬絲線的耐力維持到舞彌撿起槍開火就可以了。這麼一來就可以除掉言峰綺禮，除掉切嗣最大的威脅……

兩位女性在這時候可以說仍然錯估了聖堂教會的代行者有多麼恐怖。

愛莉斯菲爾不懂關於中國拳法的知識，也難怪她會直接判斷只要把綺禮的雙手捆在樹上就可以讓他癱瘓。但是已臻化境的拳法家全身上下都是凶器。比方說，綺禮的兩隻腳光只是沉穩地踩在地上……

磅地一聲震耳巨響讓愛莉斯菲爾一陣錯愕。

困住綺禮的樹幹劇烈搖晃，就像是被人使出渾身力氣打了一記正拳一樣。的確，如果在樹幹中心使勁一打的話，可能確實會發出剛才那種驚人的巨響也說不定。

第二次巨響再度傳出。愛莉斯菲爾很懷疑這次自己有沒有聽錯，她聽見樹幹裂開的聲音，讓她感到背脊發冷。

雖然無法以肉眼看到是什麼狀況，但是操縱銀絲線的愛莉斯菲爾經由觸覺知道發生了什麼事。現在綁住綺禮的樹幹裂開一條大縫，正好就在銀絲線纏繞位置的附近——也就是綺禮雙手的下方。

綺禮的手背緊靠在樹皮表面，**用渾身的力氣一拳一拳打在樹幹上**。

愛莉斯菲爾並不知道——拳法家的拳擊不是只靠手腕的力量施展。在雙腳踩踏大地的力道加上腰部的迴轉以及肩膀的扭動，等於是把全身的瞬間爆發力全部聚集在拳擊面上。如果是已經練就這套功夫的人，最後手臂到肩膀之間的運動效果和全體能量比起來只是一小部分而已。必要的話，在拳頭和目標緊密貼合的狀態下，只利用手腕以外部位的『勁道』發揮出足夠的打擊力也不是不可能——這也就是俗稱為『寸勁』的絕招。

第三次的打擊音響遍森林，這次樹幹發出的悲鳴聲更加響亮。還沒斷裂的剩餘樹木纖維因為自身的重量啪啦啪啦地折斷，原本當作金屬線支撐點的樹木轟然倒地。綺禮若無其事地把金屬線圈從斷折處拔出，用兩手手指抓住絲線，一截一截地扯斷。

術法被破解的反擊力道使得愛莉斯菲爾陷入一陣強烈的虛脫感，當場跪了下來。綺禮就在兩位女性絕望眼神的注視下，踩著勝利者的從容步伐先舞彌一步走到她想要撿起的 Calico 衝鋒槍旁邊，用如同鐵鎚般的腳跟把樹脂製作的槍身踩得粉碎。

「你……」

舞彌現在還是趴在地上站不起來，口中發出深惡痛絕的呻吟聲。綺禮百無聊賴地橫睨她一眼之後，隨隨便便用腳尖在她的腹部踢了一下。舞彌發出如同哽咽的悶哼之後倒地，再也不動了。

欠缺一切表情的冷淡眼神這次落在愛莉斯菲爾的身上。

-130:32:40

英靈們的戰場已經化為汙穢的泥淖沼澤。

怪魔群無止盡地出現，又被無止盡地逐一斬殺。層層疊疊的屍堆肉山與散落一地的臟腑和體液混合在一起，兩對足具在其中來回踢動翻攪，形成一種比地獄更加駭人的渾沌景象。

怪魔的內臟臭氣比腐臭味更讓人作嘔，空氣中瀰漫一層像是迷霧般的內臟臭味。這股臭味已經形成劇毒的瘴氣，活生生的人類只要吸進一口，就會因為肺臟腐爛而死吧。

Saber與Lancer至此砍殺的敵人數目早就已經超過五百之數了。

「……沒想到會這麼沒完沒了。我已經驚訝到不知道該說什麼才好了。」

雖然Lancer目前臉上還是未露疲態，但是口中的低語卻已經充滿了無奈。

戰況到現在還未有定數。雖然騎士級兩大從靈大顯神威，但是怪魔一再受到召喚，填補包圍陣勢的缺口，數目還是沒有減少。

「是那本魔導書，Lancer。只要他手上有那本書……戰局就不可能改變。」

「原來如此，是這麼一回事。」

聽見Saber的低語，Lancer不耐地嘆了一口氣。

「但是如果想要把書從那個白臉瘋子手中打下來的話，再怎麼樣都必須突破這些蝦兵蟹將的包圍才行。」

怪魔群一邊揮舞著觸手，一邊慢慢向兩人逼近，彷彿在嘲笑他們。這種異樣的生物不但不會感到死亡的恐懼，似乎就連痛覺也沒有。就好像巴不得被敵人砍殺一樣，無窮無盡又爭先恐後地殺向Saber兩人。

雖然同時應付Saber和Lancer兩人，但是Caster還是繼續持久戰。既然這是他的策略，那麼持久戰當然就是有勝算吧。看來Caster與他的寶具所發揮出來的魔力量真的如同字面所說的一樣，取之不盡用之不竭。

「……Lancer，現在只能賭一賭，不是生就是死。你要不要參加？」

「雖然這樣好像是比耐性比輸他一樣，讓人覺得很不爽。但是繼續和這些嘍囉玩下去也不太有趣——好吧，我就陪妳賭這一把，Saber！」

Saber點頭回應Lancer的果斷答覆後，注視著她和Caster之間那道可怕的肉牆，仔細評估那道牆的厚度與密度。

這時候直覺判斷出她的祕計「可行」。相當值得放手一搏，賭一賭運氣。

「由我來開路，機會只有一次。Lancer，你能夠**乘風而行**嗎？」

「嗯——呵呵，原來如此。這有什麼困難。」

Saber 雖然說得高深莫測，但是 Lancer 卻露出勇敢的笑容頷首答道。

雖然只有交手一次，但是他們兩人曾經生死相搏。那時候施展出來的所有精神力與戰技都已經深深烙印在雙方的腦海中。現在 Lancer 就算不需要以口頭互相確認也能了解劍士從靈可能使用的技巧以及她的意圖所在。

「兩位在竊竊私語說些什麼啊？是臨終前的祈禱嗎？」

Caster 的態度老神在在，出言嘲諷兩位從靈。現在和 Saber 兩人戰鬥的對手可以說是他的寶具『螺湮城教本』，而不是他本人。Caster 自己就像是在安全區觀戰的觀眾一樣。他只要擺出優雅又輕鬆的模樣，偶爾穿插一、兩句咒罵譏嘲的話語刺激敵人的情緒，這樣他的「攻擊」就算達成了。

「嚐嚐恐怖的滋味吧！陷入絕望的深淵吧！只靠武功所能抵銷的『數量差距』還是有限的。

呵呵呵，覺得很屈辱吧？你們將會被這些沒有榮耀也沒有名譽的魑魅魍魎淹沒，窒息而死！這對大英雄來說想必是無比的恥辱吧！」

即使受到 Caster 愉悅的嘲弄，Saber 還是不動如山，也不畏懼。她只是帶著堅毅又平靜的表情舉起右手的長劍。

在她堅定不移的雙眼中——就只有她必須獲得的勝利。

「嗯呼！現在就讓妳那張美麗的臉龐因悲痛而扭曲吧，貞德！」

『『～～～～～～～～～～～～～～～～～～～～～～～～～～～～！』』

怪魔群齊聲尖叫。牠們一邊發出不知是歡喜還是憤怒的怪聲，一邊朝向包圍陣的中心殺去。

現在——正是決勝時刻。

騎士王吐氣揚聲，對她尊貴的神劍下達命令。

「風王鐵槌（Strike・Air）！」

燦爛的金黃色光芒在捲起一陣旋風的大氣正中心閃耀。

為了保護聖劍而用超高壓力壓縮的氣團，從無形的屏障中解放出來——彷彿龍神飛天般的咆哮聲轟然爆發。

這招必殺劍技只能使用一次，就是寶具『風王結界（Invisible Air）』的變化招式。昨天晚上對抗Lancer時為了加快衝刺速度而釋放出來的超級暴風只要朝敵人擊發的話就能變成掃蕩千軍的狂風破壞槌。

因為怪魔群沒頭沒腦地全擠在一起，所以徹底遭受風王鐵槌神威的洗禮。

凝聚成有如固體般的超高壓疾風把聚集在一起的怪魔打得粉碎，將碎裂的肉片和塵土或木屑攪拌在一起，就像是無形巨人的巨靈大掌橫掃過大地一樣，劃開一條筆直的道路。就在氣壓狂奔而過的瞬間，怪魔群的包圍牆上從頭到尾開了一個大洞。

『風王鐵槌』的破壞力與重重疊疊好幾層的怪魔群相互抵銷，到達Caster身邊的時候已經減弱為只能用力吹開長袍衣襬的強風而已。

雖然打穿肉牆，不過畢竟只開了一個洞。以Caster召喚怪魔的密度來說，這個洞只是一個馬上就能修補起來的小裂縫而已。

「什麼——!?」

可是Caster還是發出一聲驚叫。那是因為穿透包圍網的東西不光只有狂風一擊而已。

當物體在大氣中以超高速移動的時候，物體正面的空氣會被撕裂，反而會在物體背後留下真空的空間。周圍的大氣理所當然會被捲進這片真空地帶，成為一股氣流吹向剛才通過的物體。現在賽車界中就有一種技巧，後方車緊挨在前方車後面，利用這種『低壓區效應』加快速度。

Saber從『風王結界』中解放的氣壓塊所引發的就是與低壓區效應一樣的現象。狂吹而過的疾風一邊排除怪魔軍團，一邊在後方造成真空，形成一個「疾奔的特異點」。

之後，毫不猶豫縱身飛入這道逆轉氣流的人，正是剛才與 Saber 共同策劃這次攻擊的 Lancer。

「我來了——覺悟吧！」

這種絕技不僅需要超乎常人的體能，還需要同伴合作無間的搭配才能達成。但是 Lancer 把競爭對手 Saber 只使出過一次的「風之祕劍」深深記在腦海中，成功完成這次奇蹟般的合作行動。

Lancer 僅僅一躍就衝過血風與肉片上下翻飛的隧道，他的飛翔有如乘著順風翱翔的燕子般快速。當他的足尖再度接觸地面的時候，距離 Caster 已經不到十步之遙，兩人之間也沒有任何障礙物。

「逮到你了，Caster！」

「咿咿!?」

感應到主人遇險，怪魔扭轉身軀，翻動的觸手朝向 Lancer 的背後一起攻來。但是 Lancer 沒有回頭，他的左手轉向背後，將短槍施展得像一具風車一樣，斬開追擊的觸手，同時右半身用力往前一跨，右手的長槍疾刺而出。

兩人的距離——想要一擊必殺稍嫌遠了些。就算使用長槍的刺擊，頂多只是槍尖刺進血肉當中，還無法傷及要害。

但是魔貌槍兵手中所拿的寶具只要一刺，就可以帶來決定性的結果。

「穿刺吧，『破魔紅薔薇（Gae Dearg）』！」

鮮紅色的穿刺發出破空聲響。槍尖觸及的不是Caster扭動閃避的瘦削身軀——而是他手中拿著的魔導書封面。

這柄紅色長槍的槍尖之前曾經劃開Saber的『風王結界』，還讓魔力鎧甲喪失功能之後刺穿了它，是一種能夠截斷任何魔力顯現的厲害「寶具剋星」。對於只是依賴魔導書強大魔力來操縱召喚魔獸的Caster來說正是最要命的一擊。

唰啪一聲。森林中響起一種如同海浪浪頭拍打岸邊的聲音。

前一秒鐘還在聚集蠕動，彷彿掩蓋整片大地的異形怪魔全部變成液體，恢復成原本附身寄體的活祭品鮮血，濺灑滿地。來自『螺湮城教本』的魔力供給被阻斷的瞬間，牠們都失去了以肉身顯現的力量。

Caster往後晃了幾步，在他手中的魔導書再度啟動魔力爐的機能，迅速讓損傷的封面再生。『破魔紅薔薇』的槍刃只有在碰觸到書皮的那一瞬間截斷魔力而已，威力不足以破壞寶具本身——但是只要魔術被破解就已經無法挽回，就算想要再次施展召喚術，Saber已經出鞘的神劍以及Lancer的長槍也不可能讓他有機會得逞。

「你這匹夫——你這匹夫你這匹夫你這匹夫你這匹夫你這匹夫!!」

面對眼前絕望的狀況，Caster 的表情極度扭曲，瞪大的雙眼就快要從眼眶中蹦出來，嘴邊噴吐白沫，瘋狂地大吼大叫。Lancer 看著敵人的醜態，露出他那俊美到足以造孽的特有微笑，輕鬆地聽著對方的咒罵。

「你覺得如何?如果現在 Saber 的『左手』復原的話……瞧，就是這麼一回事。」

但是另一方面，Saber 就沒有心情像 Lancer 那樣插科打諢了。

直到戰鬥分出勝負的當下，她滿腦子還是那些慘遭撕裂的小孩子們死前最後的慘叫聲與淚水。

「……你已經做好心理準備了吧，惡徒。」

Saber 說話的聲音中蘊含著沉靜的怒氣，她用一隻右手舉起黃金聖劍，劍尖直直對準 Caster。

-130:32:31

怒火就像是灼人的硫酸一般，緩慢但確實地腐蝕著肯尼斯的內心。

他是一流的魔術師，照理來說絕對不會因為流於感情而失去冷靜，面臨正式競爭的時候更是如此。

事實上，如果這場戰鬥是一流魔術師彼此使出渾身解數決鬥的話，肯尼斯可能還不會這麼生氣。他會對競爭對手的技術感到讚嘆與敬畏，冷靜評估敵人的真正實力，全心全意施展適合的魔術回敬敵人的祕術。像這樣高貴而有尊嚴的紳士競賽才是肯尼斯所熟悉的「戰鬥」。他是以獲得聖杯的權利為賭注，為了與遠坂時臣、間桐臟硯以及其他四名競爭對手彼此較量，才大老遠來到這個位於遠東地區的偏僻國家。

可是——右肩洞穿的傷口刺激他的痛覺神經。就像在嘲笑、羞辱肯尼斯一般，不斷作痛。

這道傷口不是因為戰鬥而受的傷。那種行為——斷不能稱之為「戰鬥」。

這就像是一腳踩破腐朽的地板一樣；就像是打翻了正在煮東西的鍋子一樣；就像是有泥巴正好濺到自己最漂亮的衣服上一樣。

對方是一隻甚至不配稱之為敵手的膽小螻蟻，看見他都讓肯尼斯覺得汙了自己的眼睛，只是一堆讓人感到不快的垃圾。

賭上艾梅羅伊爵士的尊嚴，他絕對不會把那種東西視為「發怒」的對象。

這些只不過是瑣碎小事而已，就像是被野狗咬到一樣的小事。

單純只是因為事態進行得不順利而已，只要把那當作運氣不好一笑置之就可以了。

即使肯尼斯這麼告訴自己——肩膀上的傷口還是不斷發出悲鳴。灼熱的劇烈刺痛折磨、啃食著他的自尊。

肯尼斯蒼白的臉龐就像戴了一副能劇面具一樣面無表情，既沒有憤怒的咒罵，也沒有悔恨的咬牙切齒。就旁人的眼光看來，那絕對不是一張「正在生氣的人」的表情。

沒錯，肯尼斯並沒有怨恨任何人，他的忿怒完全是朝向內在。事態超出自己的掌握，他只是對這種不可能發生的異常狀況感到怒不可遏而已。

「不可能——」

無從發洩的怒氣轉變為破壞衝動，傳達到月靈髓液。水銀刀鞭在周圍走廊的牆壁上亂切亂劃。

「像那種下賤的人渣竟然讓我流血……不可能！怎麼可能有這種事！」

肯尼斯就像是夢遊一樣，踩著搖擺不定的步伐追擊逃跑的衛宮切嗣。只有不定形的水銀團塊跟在主人身邊大肆逞凶，彷彿在代替主人表達心中的怒意。

擋住去路的門扉不是用推開的，而是利用水銀的重量打得粉碎。

花瓶、繪畫、華美的家具等等，觸目所及的所有裝潢品全都切斷，徹底破壞。

途中還有許多陷阱。每當肯尼斯毫無防備的腳尖勾到鋼絲或是踩到地毯底下的信管的時候，事先裝設好的手榴彈就會爆炸、地雷灑出漫天礫彈。瞬間擴散開來的水銀防護膜屢屢輕鬆擋下所有攻擊。

對方設下的陷阱就像是騙小孩的玩具，滑稽的程度就連肯尼斯都要為之發噱。但是當他嘲笑對方的同時，也等於在嘲笑自己因為這種騙小孩玩意兒而輕易負傷。自嘲之意就像是一把剃刀，割傷肯尼斯的自尊。這樣的屈辱更進一步撩撥他心中的怒氣。

艾梅羅伊爵士引以自豪的禮裝不應該用在這種愚蠢的胡鬧行為上。他的水銀應該是用來抵擋咒彈、彈開靈刀、突破魔術火炎、寒冰或是雷擊的武裝；應該是讓那些與他為敵的魔術師驚嘆，教那些人心中對肯尼斯感到敬畏，同時給予他們死亡的祕術才對。

但是現在他怎麼會落到這步田地？

他動用自己自傲的禮裝在追逐的是一隻連名字都不知道的鼠輩……隨著時間一分

一秒過去，他的屈辱感愈來愈強，肩膀上的傷口也愈來愈痛。

歇斯底里的情緒不斷重複惡性循環——不過結局也已經近在眼前了。

就算這座城堡再大，當對手向樓上逃逸的時候，退路就已經受到限制，該死的老鼠終於被逼到三樓走廊的盡頭。先一步在肯尼斯前面行動的水銀偵蒐滴流這次確實掌握到敵人的位置，目標似乎已經放棄逃跑，停在原地不動。他可能是打定主意，想要在那裡和肯尼斯進行最後的對決吧。

對決——肯尼斯的腦海中浮現出這個名詞，讓他不禁發笑。

看來敵人還沒放棄。原來是這樣，他曾經一度讓肯尼斯受傷，如果這種僥倖機會還能發生第二次的話，或許就有機會取勝。對方是抱著這種置之死地而後生的想法決心一戰吧。

「愚蠢小人……」

肯尼斯嘴角因為冷笑而吊起，低聲自語。

那隻老鼠能夠從肯尼斯手中搶下一招，不是因為臨機應變的戰略，也不是有什麼奇招妙計。單純只是因為一種名為異常的偶然罷了。肯尼斯有必要讓他了解這其中的差別。

這不是對決，而是處刑、是虐殺。

肯尼斯渾身充滿殘忍的殺意，與自己的禮裝一起轉過最後的轉角，踏進那條封閉的走廊。

幾乎與原先設想的狀況一樣，衛宮切嗣第三次與肯尼斯・艾梅羅伊・亞奇波特對峙。

兩人相距大約三十公尺，走廊寬約六公尺多。沒有遮蔽物，也沒有退路。

根據切嗣的估算，肯尼斯的月靈髓液大約在七・五公尺以內的距離可以發揮出最致命的速度與威力。在他靠近到這段距離之前，攻擊主動權都掌握在切嗣手上。

左手——第二次替換的螺旋彈匣之內，五十發九釐米子彈正蓄勢待發。

而在他的右手握的是禮裝特裝型Contender。僅只一發的彈藥已經裝入切嗣的王牌『魔彈』了。

看到切嗣既不害怕，也不出聲討饒，只是手持兩支手槍默默佇立的模樣，肯尼斯的表情極為痛恨地扭曲著，撂下譏嘲的揶揄話語。

「你該不會以為剛才那招還會管用吧？賤人。」

當然不會管用，要是真有用的話就麻煩了——但是切嗣當然不可能透漏絲毫訊息，他必須要讓肯尼斯以為他只會重複同一招，使用和剛才一樣的攻擊方式。

「我不會這麼輕易殺死你。我要一邊讓你的肺臟與心臟再生，一邊從腳尖開始剁碎你。」

肯尼斯一邊陰惻惻地吼道，一邊緩緩往切嗣走來。在他身旁滾動的月靈髓液彷彿在恐嚇切嗣一樣，無數長鞭前後伸縮，銳利的鞭刃搖擺不停，十分嚇人。

「你就帶著悔恨、痛苦與絕望去死，然後在斷氣之際盡量詛咒吧！詛咒你那膽小如鼠的雇主……詛咒那個玷汙聖杯戰爭的艾因茲柏恩召主！」

非常好──耳邊聽著肯尼斯的處刑宣言，切嗣在心中暗笑。他之前擬定的交換召主身分的計策似乎畢竟還是有效的。

距離十五公尺。要動手的話就是現在。

切嗣首先用左手的 Calico 衝鋒槍全自動連續射擊，讓九釐米子彈的彈雨對步步進逼的肯尼斯飛去。這一招完全重演一樓走廊時的奇襲，是用來誘發月靈髓液自動防護的牽制攻擊。這只是虛晃一招，目的是為了讓水銀防護幕延展開來，厚度薄到無法抵擋接下來 Contender 的攻擊。

艾梅羅伊爵士當然不會再上同樣的當。

『Fervor, mei sanguis』（沸騰吧，我的熱血）

水銀的防護型態立即發動，但這次卻不是形成薄膜狀。月靈髓液跳到主人面前，說時遲那時快，由地板向天花板一口氣豎起無數根倒刺。這些刺就像是一片濃密的竹林般隱藏肯尼斯的身軀，同時完全擋住飛來的子彈。

如果不是火炎或是噴霧攻擊，就不一定要用薄膜型態防禦。子彈這種東西只要直線前進的軌道被阻斷的話就無法達到攻擊作用。那麼只要用一根「柱子」就足以防禦了。

像這樣把水銀展開成劍山形狀所需要的魔力，當然不是單純的薄膜狀型態所能相比的。肯尼斯必須要讓每一根絞得像鋼線一樣細的倒刺都具備足以擋住子彈的堅硬度與韌性。這次的自動防護是動用肯尼斯所有魔力而形成的。刻在他雙肩上的亞奇波特家傳承的魔術刻印讓通路運轉到極限，激烈的疼痛折磨著主人的肉體。

但是這次的防禦絕對是銅牆鐵壁。

子彈被銀色劍山所阻，一邊發出震耳欲聾的金屬聲響，一邊在倒刺的間隙之間反覆跳彈，喪失力道掉落在地上。沒有一發子彈碰到肯尼斯的身軀。

切嗣右手的 Contender 緊接著發出怒吼聲。這一枚單發子彈的破壞力之強更遠勝九釐米子彈，之前首次打穿月靈髓液的護壁，讓肯尼斯慘遭受創。

但是劍山狀的水銀在自由度上遠遠超出薄膜型態。

在那必殺一擊碰觸到銀色倒刺的瞬間，其他所有倒刺就像是捕蠅草般收攏，一起把子彈包裹起來。密不透風的的尖細倒刺在剎那間變化成為一根粗大的柱子，封殺點30-06 Springfield 彈。

這一招徹底展現出月靈髓液變化自如的優點。這種流體操作魔術的手法既精密又完美，堪稱是不辱名門亞奇波特家名聲的極限絕技。

就在艾梅羅伊爵士成功施展出這招窮究精神力與技巧的完美魔術的瞬間——他的命運也已經走到了盡頭。

× ×

就算是締結過契約的召主與從靈，想要從遠方傳達意念還是需要依靠念話或是類似的通訊手段。

不過召主與從靈以令咒連結在一起，只要有任何一方面臨攸關生死的險境，另一方立刻就可以藉由氣息的紊亂察覺到。

因此身在森林中的 Lancer 也馬上感覺到肯尼斯遭遇危險。

「什麼——？」

就在 Lancer 擊破 Caster 的怪魔大軍，正要與 Saber 聯手收拾仇敵的這個時候，他抬頭往艾因茲柏恩城的方向望去，一動也不動。Lancer 此時才發現，本以為在後方監視自己戰鬥的召主其實已經先一步闖進敵營中，挑起另一場戰鬥。

Lancer 的動搖對於已經走投無路的 Caster 來說，簡直就是求之不得的可乘之機。

Caster 手中已經完成再生的『螺湮城教本』迸射出魔力奔流，Saber 當然不會眼睜睜看著魔術師施展咒文。

「還在做垂死的掙扎！」

Saber 用右手舉起寶劍向 Caster 衝過去，想要在咒文施展之前砍殺敵人。

可是 Caster 也沒有傻到用咒文與長劍比快。他連一小節的咒文都沒有詠唱，只是讓寶具產生的大量魔力恣意爆發而已。

雖然剛才的召喚魔術已經失去作用，但是染紅整片大地的血水灘還殘留著魔力通路。不受控制而任意噴發的魔力流進血糊的成分裡，沒有產生任何作用，就這樣直接在血水中破裂。

轉眼間，黝黑的血霧籠罩整片森林。

「嗚……」

在踏入長劍可及的距離之前視線就被遮蔽，就算勇敢如 Saber 也不敢輕舉妄動而停下腳步。

Caster 原本就沒有打算要唸完咒文，只是故意讓一定會失敗的術法強制發動而已。在這種局面下他只需要這樣做就夠了。血液雖然不能成為召喚獸，但還是因為飽和的魔力在一瞬間沸騰，氣化為霧狀擴散到四周。因為 Caster 擁有寶具供給的龐大魔力，才能使用這種誇張的伎倆。

他的目的就是——掩蓋視線的煙幕。

就算 Caster 再怎麼自信心過剩，他也認為這種局面不可能反敗為勝吧。趁著血霧遮蔽 Saber 與 Lancer 視線的當下，魔術師從靈立刻解除實體。面對三大騎士職別的其中兩人，他連撂下一、二句狠話的時間都沒有。化為靈體的 Caster 強忍著憤怒與屈辱，趕緊頭也不回地離開戰場。

對 Caster 來說，僥倖的是 Saber 無法和他一樣化為靈體繼續追蹤，而且能夠靈體化的 Lancer 又因為召主陷入危險而無暇他顧。

「可惡……卑鄙無恥的小人。」

Saber 口中煩躁地低聲說道，將周圍的大氣召進『風王結界』當中。清淨的風立刻由四方吹來，吹散汙穢的血霧。等到寶劍再次隱沒在無形防護之下，兩名從靈的視野恢復的時候，別說是看到 Caster 的身影了，就連靈體的氣息都已經消失地無影無蹤。

「Lancer，怎麼了？」

Saber 沒有逼問 Lancer，只是語氣平靜的問道。如果 Lancer 有心要追 Caster 的話，現在早就已經追上了，但是他卻白白放任 Caster 逃脫。只要看見他臉色大變的表情就知道一定發生了什麼事情。

「吾主現在正遭遇危險……看來他把我留在這裡，自己攻入你們的大本營了。」

Lancer 的語氣很為難。Saber 也馬上明白究竟發生什麼事，心中一片苦澀。

「到頭來……所有的一切都還是在切嗣的掌握之下。」

Saber 感到很無奈。雖然她無意否認奇策謀術的必要性，但是切嗣所設下的冷酷陷阱無論如何都和騎士王在戰場上堅信不移的理念背道而馳。

「那一定是我的召主造成的……Lancer 你快去，去救你的主子吧。」

聽見 Saber 毫不猶疑的催促，Lancer 先是露出驚訝的表情，然後感佩至極地深深垂下頭。對 Saber 來說，她的判斷顯然等同於背叛主人。想要打贏聖杯戰爭的話，把 Lancer 擋在這裡，爭取時間等他的召主喪命才是更合理的選擇。

但是照這樣說的話，Lancer 和 Caster 戰鬥其實也沒必要特地幫助 Saber 脫困。他不認為自己的決定很愚蠢，所以現在選擇放行的 Saber 當然也不會是愚不可及的人。

「騎士王，感激不盡。」

「沒關係。我們曾經發誓要以騎士的身分光明正大一決勝負。讓我們共同貫徹這份尊嚴吧。」

Lancer無言頷首，變成靈體消失。他就這樣化為一陣旋風，朝著森林深處的城堡疾馳而去。

×　×

當上一代的衛宮家人為剛出生的長子判定「起源」時，曾經對那奇特的判定結果感到不知如何是好，但還是將嬰兒取名為『切嗣』。

大分類上屬於『火』與『土』的雙重屬性，細部則是『切斷』與『結合』的複合屬性。這就是這孩子與生俱來的靈魂型態，也就是「起源」的表徵。

切斷之後再接續起來——如果要稱之為「破壞與再生」，在意義上又有些不同。那是因為切嗣的起源沒有「修復」的意思。比方說絲線被切斷之後再綁起來，只有打結處粗細不同，這意味著「切斷之後再接續」的行為會使對象物發生不可挽回的「質變」。

每當切嗣遇到要求手工精細的工作時，他更能深刻體會自己的起源。總而言之，切嗣的雙手可以算得上靈巧。如果是簡單的道具，就算壞掉也能很快修理好。可是如果換成精密機械的話，事情就會發生一百八十度的轉變。他愈是下功夫想要修理，愈會讓那臺機械遭到致命性的損壞。

簡單說來，切嗣的手工雖然迅速但是卻很粗糙。如果只是一條電線，只要把斷線的部位接起來就可以讓原本的機能回復。但是如果想要以同樣的方式修理精密的電子迴路，就有可能造成無可挽救的結果。精密的電子迴路不光只是接起來就可以，如果線路接得亂七八糟，迴路同樣也會失去機能。

原因不只是因為切嗣的性格或是資質。以魔術的觀點來看，那是深植於靈魂深處的本質。

在製作自己的禮裝時，衛宮切嗣徹底活用自己那與生俱來，極為特異的「起源」。他腹側的第十二對肋骨左右兩根都已經摘除了。取出來的肋骨磨成粉末之後以靈學工程凝聚起來，封入四十九發子彈內當成芯材。

這種子彈會讓切嗣的「起源」顯現在「被擊中」的對象身上。比方說如果子彈打在生物身上的話，既沒有傷口也不會出血，但是中彈的部位會變成像是壞死的舊傷口一樣。那是因為表面看起來傷口已經癒合，但是神經或是微血管並沒有復原，失去了原本的功能。

這種子彈也是一種概念武裝，對魔術師來說是更可怕的威脅。

四十九發子彈當中，切嗣已經用掉三十七發。但是這三十七發子彈沒有一發被白白浪費，切嗣自殘身軀所製成的子彈在過去已經徹底毀滅了正好三十七名魔術師。

而現在第三十八發『起源彈』又斷絕了另一位被害人的命脈。

想必肯尼斯一定到最後都不明白自己身上究竟發生了什麼事，那是因為當劇痛衝過全身的那一瞬間，他的心肺機能與神經脈絡都已經被撕裂地七零八落了。

他的喉嚨還沒來得及發出慘叫聲就已經先吐出一口鮮血，神經引起亂七八糟的錯亂，造成全身肌肉痙攣，讓穿著瀟灑西服的修長身軀演出醜陋又可笑的舞蹈。

這是因為以強烈壓力在魔力迴路中循環的高密度魔力，突然無視於通路開始任意狂飆，破壞了施術者自身肉體的緣故。在月靈髓液擋下了 Contender 攻擊的那一刻，肯尼斯受到比子彈直接命中還更加嚴重的傷害。

當使用魔術干涉切嗣的魔彈時，「起源」的影響就會反饋在施術者的魔術迴路中。

如果把魔術師的魔力迴路比喻成高壓電流的迴路，切嗣的子彈就像是一滴水。導電的液體附著在精密的電力迴路會造成什麼情況——結果就是電流會因為迴路短路而破壞迴路本身，讓迴路完全故障。

與這種道理相同，切嗣的禮裝最恐怖的效果就是會讓魔術迴路「秀斗」。

如果想要避免切嗣魔彈造成的傷害，就得不依靠任何魔力，只能仰賴物理方式擋住子彈。這時候切嗣選擇點 30-06 Springfield 彈的狠辣手段就發揮了效果。這種子彈原本是獵槍專用的子彈，沒有任何道具可以完全擋得下來。穿透力之強，如果不是坐在裝甲車當中的話，絕對免不了中彈受傷。

僅僅一發，只要一發子彈就足夠了。

切嗣刻意選擇不適合實戰的 Thompson・Contender 做為禮裝，目的就是為了把這支槍當作最強的物理攻擊力隨身攜帶使用。

愛槍已經完成它的工作，切嗣把手指搭在護弓的勾鐵上，將又長又重的槍身斜著向下一甩。中折式構造的槍膛打開的力道讓空彈殼彈向空中，拖著淡淡的硝煙殘渣掉在大理石地板上。

切嗣對自己的勝利毫無感覺。與往常一樣，這次他也只是依照計畫順利完成結果而已，沒什麼大不了。

切嗣的魔彈殺傷力大小要視命中目標的瞬間，對方讓魔術迴路運作到何種程度，因為破壞施術者身軀的是施術者本身的魔力。這一點對現在的肯尼斯來說非常要命，切嗣一再挑撥肯尼斯，逼他使出渾身解數發揮魔力，使切嗣得到他所期望的最大結果。

剛才月靈髓液還在大顯神威，但是一旦魔術師供給的魔力中斷，月靈髓液也就到此為止了。它恢復成原本的液態狀，灑了一地。肯尼斯趴倒在水銀海中，身子微微抽搐。過去堂堂艾梅羅伊爵士現在變得比嬰兒還弱小，他的身軀不但失去魔術師的力量，恐怕就連一般的人體機能都已經喪失了吧。

只要把肯尼斯扔在這兒，過不了多久他就會沒命。但是切嗣的做法是對手下敗將要確實取其性命。他把尚留有子彈的 Calico 衝鋒槍改為單發射擊，向有如行屍走肉般的肯尼斯走去。只要從最近距離朝他的腦袋開一槍，競奪聖杯的七組人馬中就會有一組被淘汰。

但是這時候切嗣卻感覺到一股龐大的魔力逼近，讓他皺起眉頭。

切嗣當機立斷，立刻舉起 Calico 衝鋒槍瞄準，對著肯尼斯的頭顱連續開了好幾槍。但是子彈在空中爆出火花，往別的方向彈開消失。這是因為紅色與黃色兩柄長槍以迅雷不及掩耳的速度劃過。

看見 Lancer 現身保護倒地的肯尼斯，切嗣除了咂舌之外無可奈何。他怎麼知道敵人的從靈竟然會在這個時候出來礙事。

切嗣一直以為肯尼斯單身一人獨闖城堡是因為 Saber 拖住 Lancer 的關係，那麼槍兵究竟是如何突破騎士王的阻攔？如果 Saber 落敗，切嗣應該會感覺到魔力供給的對象消滅才對。但是目前身在某處的 Saber 仍然還在吸取切嗣的魔力，他的從靈確實還活著。

這麼一來，能想得到的結論只有一個——一定是 Saber 故意放行，讓 Lancer 通過。

Lancer 一邊以冰冷的眼神注視著震驚的切嗣，一邊用右手握住雙槍，只用空出來的左手抄起肯尼斯的身軀。這些舉動乍看之下毫無防備，但是切嗣卻完全無法出手。就在剛才，Lancer 已經證明槍彈對從靈一點作用都沒有。

「——你應該知道現在要把你刺穿是一件多麼容易的事吧？Saber 之主。」

要不是聽 Saber 親口說過，就算是 Lancer 也很難看出眼前這名看起來一點都不像魔術師的男子竟然就是艾因茲柏恩家的召主。但是他明白主人肯尼斯有多少能耐，對方有能力擊破艾梅羅伊爵士的魔術，身分已經不容置疑。

但是——或者應該說正因為他是 Saber 的召主，Lancer 才不能把槍尖對著切嗣。

「我不會讓你殺死吾主，但是我也不會傷害 Saber 的召主。我和她都不希望以這種方式分出勝負。」

「……」

原來是這麼一回事——切嗣再次體會到自己締結契約的從靈和自己之間的關係有多惡劣，大嘆一口氣。

「千萬別忘了，你現在還能夠活命是因為騎士王高潔的情操。」

Lancer 語氣冷漠，夾槍帶棒地說完後，就這樣抱著肯尼斯縱身撞破身邊的窗戶，往城外飛越而出。

切嗣可不會傻到想追出去。Lancer 說得對，他的確是撿到一條命了。現在 Saber 不在這裡，他無計可施。

不，就算 Saber 現在人在身旁，切嗣又能否把事情交給她處理呢？

那個槍兵的英靈迪爾穆德已經是個相當天真善良的小子，但是 Saber 的騎士道精神也不遑多讓，一樣愚蠢，根本完全超出切嗣的理解。

她大概是打從心裡相信 Lancer 不會殺害切嗣吧，這種想法簡直是胡鬧。騎士王竟然讓自己的召主獨自面對敵方的從靈。如果 Lancer 背叛的話，她的聖杯戰爭早就在那一瞬間結束了。就算槍兵不打算殺切嗣，要是肯尼斯還有意識的話，他也會用令咒強迫 Lancer 動手吧。難道 Saber 連這種可能性都沒想到嗎？

切嗣百般無奈地搖搖頭，點燃叼在嘴上的香菸。

真是太諷刺了。竟然會有英靈和敵方從靈發展出愚不可及的信賴關係，另一方面卻和自己的召主漸行漸遠。就算她號稱是最強的從靈，但是天底下到哪裡去找像她這樣不聽話的手下？

早知道如此，選擇自己的從靈時應該更加謹慎的——切嗣一邊深深咀嚼這種為時已晚的感想，一邊隨著嘆息聲吐出一口紫煙。

-130:32:15

「——女人，我問妳一件事。」

言峰綺禮緩緩朝著眼前完全一籌莫展，只能呆站著的銀髮女人走去，一邊用低沉的嗓音開口問道。

應該是她隨身護衛的黑髮女性遭到毫不留情的痛擊，像塊破布般癱倒在地上，已經無法對綺禮造成任何威脅了。

「妳們兩人對我發動攻擊似乎是為了保護衛宮切嗣——誰要妳們這麼做？」

「……」

艾因茲柏恩家的人造生命體堅守沉默。綺禮伸出一隻手扣出她的咽喉，把她輕輕吊在半空中。那張如同雕像般美麗端正的臉龐痛苦地扭曲著。

「我再問妳一次。女人，妳們是聽從誰的指示而戰？」

綺禮的問題對他來說相當重要。到底是誰在他追尋衛宮切嗣的路程上設下這種沒有意義的障礙——這個疑問的真相對他來說是一個重大的問題。

綺禮已經察覺了一件事。

不管他再怎麼找，都不會在這個人工生命體的身上找到令咒吧。因為她不是從靈的召主，這女人剛才那種輕率的舉動絕對不是一名召主該有的行為。

這麼說，真相就和時臣最初料想的一樣——衛宮切嗣果然才是Saber的召主，這兩個女人只不過是他手下的棋子罷了。

這麼一來，剛才的疑問就是問題所在了。

如果是衛宮切嗣命令這兩個女人攻擊綺禮的話——這個問題就可以忽略不管。只不過就是綺禮的實力被低估，而這兩個女人挑錯了對手，如此而已。

又或是除了切嗣之外，另有他人發號施令——這種狀況也可以不予理會。艾因茲柏恩的第一要務是保護切嗣這個召主，他們為了這個目的想必會不擇手段，就算只是爭取時間也不惜犧牲人命。

但是不管是哪種可能性都有一個共通的疑點。

銀髮女子為了獲得氧氣而不斷喘息。綺禮重新仔細端詳她的面容，這張臉的五官極為完美，就像是一具洋娃娃一樣。一對如同紅寶石般鮮紅的雙眸、長相與肖像畫中的『冬之聖女』里茲萊希·羽斯緹薩如出一轍。

這個人工生命體雖然不是召主，但是仍然來參加聖杯戰爭，那麼這玩意兒一定就是負責『保護容器』的人偶。若是這樣，她在聖杯戰爭末期也是一個掌握關鍵的重要因素。讓這種重要的棋子站上前線，暴露在危險之下，這種愚蠢的行為可不是光用人力不足就可以解釋的。

——綺禮忽然覺得腳踝莫名變重，低頭看去。

綺禮從剛剛開始就聽到虛弱又痛苦的喘息聲好像在地上爬行，不知何時已經來到綺禮的腳邊。聲音實在是太細微，又太微不足道，使得綺禮甚至沒有意識到。

全身是傷的黑髮女子伸出顫抖的手臂，抓住綺禮的右腳。

握力雖然微弱，但已經是她現在最大的力氣了吧。她已經站不起來，也無法握緊拳頭，可是唯有眼神燃燒著深沉的恨火，目不轉睛地緊緊盯著綺禮不放。

「……」

綺禮不發一語，舉起腳狠狠地往女人肋骨斷裂的胸口踩下去。連哀號都已經叫不出來的女人沒有因為痛苦而叫出聲，只有肺部中的殘餘空氣被擠出來，吐出難聽的聲音。

但是這名女子還是不肯放手。完全衰弱無力的手腕就像是漂流者抓到浮木一樣，扣在綺禮的腳上，怨恨的眼神一直凝視綺禮。

綺禮再次轉過視線，抬頭看著被他捉在半空中的銀髮女子。

雖然呼吸被阻斷，難過地不斷掙扎，但是人工生命體的表情當中還是看不見恐懼。只是這樣的話倒也沒什麼好奇怪，這種非人的模造人偶就算沒有畏懼死亡或是痛苦的感情也是理所當然——但是這個理由說不通，因為人工生命體的紅色眼眸確實帶著厭惡與憤怒的神情注視著綺禮。

從半空中、從地面上，兩名女性充滿仇恨的眼神對綺禮訴說著：

「絕對不會讓你通過這裡。」

「就算豁出性命也要把你擋在這裡。」

她們兩個人都沒有回答綺禮的問題。命令她們迎戰綺禮的人究竟是誰……不管再怎麼絞盡腦汁思考，他的推測總是會產生矛盾。

在此還可以想到另一個可能性。

如果這兩個人並沒有受到任何人的指使或是許可，而是各自依照自己的判斷挑戰綺禮的話呢？

——這種狀況萬萬不能忽視。

熟悉的靈體氣息驀然悄無聲息地靠近綺禮身邊，Assassin 念話的聲音直接向綺禮的腦中說道：

「Caster 以及 Lancer 的召主都已經落敗，逃出森林了，Saber 再過不久就會趕過來。吾主，留在這裡很危險。」

聽見擔任斥候的 Assassin 如此報告，綺禮頓時覺得無比掃興，點頭回應。現在這情況已經難以改變了，別說正面對上劍士從靈絕對打不贏，就算現在立刻撤退，能不能平安無事地全身而退也很難說。

要說現在還有什麼計策可用——也只有想辦法絆住 Saber，阻止她追來了。

綺禮從上衣底下抽出新的黑鍵，二話不說，一劍刺穿銀髮人工生命體的腹部。動作毫不猶豫，就像是在裁切布料一樣。

「呼、嗚……！」

人造女性發出不成聲的慘叫，鮮血從喉嚨中逆流出來。原來如此，人造生命體的血也是紅色的——綺禮心中發出無意義的感嘆，把她痙攣的身軀扔在地上。

他下手時沒有刺傷要害，到她失血過多斷氣之前應該還能撐個幾分鐘。再過不久 Saber 就會趕到，屆時她將被迫做出選擇，是要為這個女人治療，還是放棄她追殺綺禮。

就這樣，綺禮再也不對瀕死的兩名女性看上一眼，開始順著來時的路徑在林木間疾奔。

一件事情結束之後，就沒有必要再去多想些什麼。剛才那兩個和他進行激戰的女人應該也沒有什麼價值值得綺禮回憶才是。

但是她們的眼神卻總是在奔跑的綺禮腦海中浮現，揮之不去。

那兩人的憎恨感情是出自於真心，她們的殺意絕對不是來自於義務感或是職業道德。

那兩個女人想要保護的不是艾因茲柏恩家的勝利，而是衛宮切嗣這個人。如果是前者的話，她們應該會與切嗣聯手在城裡迎戰外敵才對。她們不選這種比較安全的戰鬥方式，卻嘗試在沒有切嗣協助的情況下進行防衛戰。

她們有一種意志，雖然並非出自衛宮切嗣的意思，卻仍然想要保護切嗣；她們也有一種執著，明明是一場打不贏的戰鬥，卻拚了命想要取勝。

那些女人對衛宮切嗣有所期待，也有所寄託。她們想要守護、貫徹某種物事，而這件物事無法以戰力差距或是勝算等常理解釋清楚。

綺禮知道只有一種概念會讓人做出這種不符合常理又愚笨的行為。

信念。如果那兩個人是懷抱著『信念』協助那個叫做衛宮切嗣的人物的話，就能夠說明她們那些愚笨的行為了。但是這個推測最後會衍生出一個重大的疑問。

女人往往是一種利己的生物。現在不只有一個人，而是有兩名女性為了「他」打算犧牲自己。如果不是這兩名女性都完全認同且了解「他」的話，她們根本不可能這麼做。

這是不是也就意味著——衛宮切嗣是一個受到他人肯定與理解的人物？

「不可能……」

綺禮喉頭中發出的低語既低沉又沙啞，聽起來就像是呻吟一樣。

這是絕對不允許發生的矛盾狀況。

他對衛宮切嗣的期待與預感完全被徹底顛覆。

切嗣應該是一個空洞虛無的男子。他應該是一個極端空虛，但是在空虛之下找到戰鬥意義的男人，所以綺禮才會對他有所期待。綺禮一直認定衛宮切嗣的內在人格、生存方式一定有他追尋的答案。

那麼切嗣一定得是個孤傲的人才行。他一定得是個不受眾人理解與肯定，心靈世界與世隔絕的人才行——就像言峰綺禮這樣。

為了排除心中不斷湧起的疑惑思緒，綺禮咬牙，就像是企圖逃避心中的疑慮般孤身一人在森林中狂奔。

×

×

愛莉斯菲爾聽見彷彿從遙遠彼方傳來的呼喚聲，意識朦朧地睜開眼睛。

一張熟悉的面容在月光的襯托之下，那一頭金髮看起來更加閃耀動人。

「……斯菲爾，振作一點！愛莉斯菲爾！」

「Sa……ber……？」

愛莉斯菲爾發現對方不是別人，正是少女騎士王的時候頓時鬆了一口氣，差點又要陷入沉眠當中。

「不行！打起精神來！我現在就去叫切嗣。妳一定要撐到他過來！」

「……綺禮……剛剛還在這裡的敵人……到哪去了？」

愛莉斯菲爾虛弱地問道。Saber 皺起眉頭，表情滿是悔恨。

「被他逃掉了。如果我早一點趕到的話，事情就不會變成這樣……」

「……舞彌……小姐她……」

「她也受了重傷，不過沒有生命危險。比較危險的是妳！流了這麼多血——」

話語未畢，Saber 驚訝地說不出話來。

直到剛才還不斷從愛莉斯菲爾的腹部淌出的鮮血，現在竟然已經完全止住了。

Saber 小心翼翼把刺破的衣服翻開一看，柔滑的肌膚上雖然沾滿血糊，但是刺傷的創口卻已經連一點傷痕都沒有了。

「——對不起，嚇到妳了。」

愛莉斯菲爾若無其事地自行從Saber摟抱的臂彎中撐起身子。原本已經失去血色的蒼白雙頰又恢復原來的紅潤。剛才重傷瀕死的樣子就好像是一場幻覺一樣。

「愛莉斯菲爾，這究竟是——」

「不用擔心，我已經沒事了。比起對別人施展治癒魔術療傷，治療自己的傷口還更容易呢……再說我的身體構造本來就和人類不一樣。」

「是嗎……」

愛莉斯菲爾對訝異地睜大雙眼的Saber微笑，內心卻感到非常過意不去。她對於欺騙信任自己的騎士表達歉意。

「其實這都是多虧有妳啊，Saber……」

愛莉斯菲爾的身體的確是魔術人造物，但是她的體內沒有讓她能夠在失去意識的狀態下自行發動治療能力的術式。另外有一種與艾因茲柏恩的魔術完全不同的奇蹟治好她的傷。

寶具『脫俗絕世的理想鄉（Avalor）』——斷鋼神劍的劍鞘能夠治療持有人的傷勢，甚至可以使老化停止。這件寶具之前在艾因茲柏恩城召喚英靈阿爾特利亞的時候用作召喚媒介，現在則是當成一種概念武裝，封存在愛莉斯菲爾的體內。

依照常理，這張王牌應該是由切嗣這位召主佩帶才對，但是切嗣讓愛莉斯菲爾成為假召主站上前線。為了保險起見，他還是把這件絕對防禦的寶具交給妻子。反正原本的主人Saber不在旁邊供給魔力的話，劍鞘的效力就無法發揮。切嗣打一開始就計畫和Saber分開行動，對他來說這支劍鞘一點用處都沒有。

切嗣百般叮嚀愛莉斯菲爾，絕對不可以讓Saber知道劍鞘的存在。這樣別有用心是因為他不相信自己的從靈。但是這件寶具原本就是屬於騎士王所有，愛莉斯菲爾卻以不告而取的方式拿來利用，讓她的良心感到非常自責。

話說回來，實際確認過這件寶具的效果之後，確實讓人對它的威力感到訝異。在Saber趕到之前，愛莉斯菲爾的情況的確很危急。但是如此嚴重的傷勢經過騎士王的手一碰，一瞬間完全癒合，就連流失的體力都恢復了。這種奇蹟的確堪稱為寶具。

因為術法被綺禮以蠻力破解而發生異常的魔術迴路，現在也已經完全正常。這樣就能夠像平常一樣，毫無障礙地施展魔術。

如此一來，接下來的第一要務就是為負傷的舞彌治療。她已經失去意識，狀況雖然還不到瀕死，但是確實受創甚深。

看到這些對肉體毫不留情的破壞痕跡，愛莉斯菲爾再次體會到言峰綺禮這名男子的可怕。

那個代行者是個不折不扣的怪物。雖然她們使用槍砲與魔術向他挑戰，他卻只用血肉之軀的技能就粉碎了愛莉斯菲爾與舞彌的聯合作戰。

那個敵人——絕對不能讓他見到切嗣。深感綺禮的存在是一種多麼沉重的負擔，愛莉斯菲爾不禁咬緊嘴唇。

這次雖然以死纏爛打的方式奇蹟似地在最後獲得勝利，但是顯然只是運氣好而已。要是Saber與Caster或是Lancer的戰鬥再拖久一點，想必綺禮早就已經到達森林深處的城堡了。

這次戰鬥不是結束，綺禮下次一定還會衝著衛宮切嗣來。

「但是保護切嗣的人不是只有我……妳說對嗎？舞彌小姐。」

因為愛莉斯菲爾在開始治療之前先把痛覺消除，舞彌原本因為痛苦而扭曲的表情逐漸放鬆，安穩下來。雖然她的意識還沒恢復，不過那張沉睡的臉龐脫下平時拒人於千里之外的緊繃表情，就像是個天真單純的少女一樣。

其實愛莉斯菲爾應該要很討厭舞彌才對吧，因為她已經不再是人偶。身為一名女性、一位妻子，她已經擁有深愛著一名男性的靈魂了。但是現在她很感激久宇舞彌。因為她等於從舞彌身上學到在這場戰爭中自己應該要怎麼做。

「下次我們一定要贏，靠我們兩人的力量一起保護他吧……」

愛莉斯菲爾在心中立下新的誓言，開始專心治療舞彌傷痕累累的身體。

ACT.8

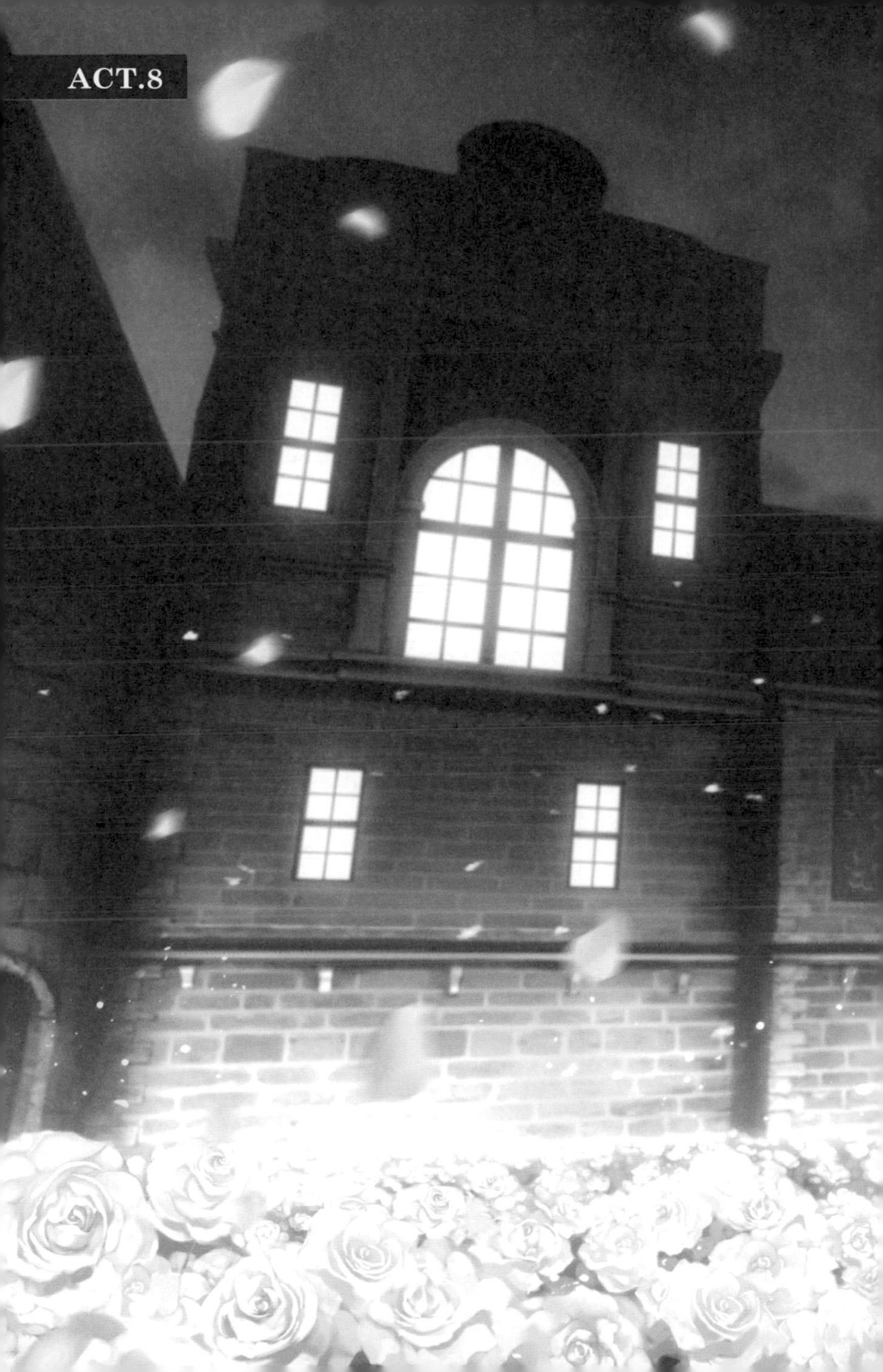

-122:18:42

酒肉點綴著餐桌，一排排燭臺燦然生輝。

艾林（Erinn）的王公貴族們齊聚在米可爾達的大宴會場內，現在正是宴會的最高潮。

但是今天的宴會可不許那些蠻勇之人比酒較勁。

今天晚上，就連粗勇的戰士們都會因優雅的芬芳花香而陶醉。

沒錯，這是一場為了欣賞嬌美名花而舉辦的宴會。

愛爾蘭的大王——柯麥格．馬克．厄特（Cormac mac Airt）的千金，葛蘭妮亞（Gráinne）終於要訂親了。

對方不是別人，正是科威爾（Cumhaill）之子——芬恩．馬庫爾（Fionn mac Cumhaill）。因為智慧鮭魚的魚油獲得才智，擁有治癒之水能力的大英雄，更是號稱天下無雙的飛亞納騎士團之首。他是一位力量與名聲都和大王不相上下的男子漢，再也沒有任何婚配讓人如此感到喜悅了。

跟在老英雄芬恩身邊的，有他的兒子詩人歐辛（Oisin）、他的孫子英雄歐斯卡

（Oscar），還有飛亞納騎士團諸位一騎當千的勇士們。

飛毛腿奇爾特・馬克・羅南（Caílte mac Rónáin）、德魯伊僧侶賈林格、『戰場的恐懼』戈爾・馬克・摩那（Goll mac Morna）、灰色蜥蜴科南（Conán mac Lia），以及擁有最強之殊榮，名聞遐邇的『燦爛的美貌』迪爾穆德・奧・德利暗。

所有一夫當關的豪傑英雄都到齊了。他們每一個人都敬愛芬恩，發誓對他忠誠，堅定不移。偉大的英雄們崇敬領袖，將自己的槍與劍奉獻給他的命令。這就是騎士的榮譽，吟遊詩人口中傳頌不絕的榮耀戰士的真正意志。

對騎士之道懷抱著憧憬。

貫徹這條騎士之路。

騎士深信此身終有一天將會馬革裹屍，在光榮的戰場上死去。

——直到那一晚在命運的宴席上，邂逅了一朵嬌美的花朵。

『你會得到我的愛，代價就是你將會背負聖誓（Geis）。心愛的人兒啊，請你阻止這場讓人厭惡的婚禮，帶我逃走吧……逃到比天涯海角還要遙遠的彼方！』

少女泣訴著，誠摯的愛火在她的眼眸中燃燒。

英雄在此時就已經知道了……這熊熊烈火將會成為煉獄之火燒毀自己。

但他還是無法拒絕。

考驗名譽的沉重聖誓負擔與自己信奉的忠臣之路——究竟哪一邊更加寶貴。他好幾次這麼捫心自問，但是就算心中再怎麼糾葛，他還是得不到答案。

所以驅使他行動的原因，一定是某種與榮耀毫無關係的理由。

英雄拉著公主的手，一同背棄了榮耀燦爛的前途。

一場日後將會在塞爾特神話中傳頌的淒美戀愛故事，就這麼拉開了序幕。

× ×

——穿過一場奇妙的夢境，肯尼斯自睡夢中甦醒。

他從沒有看過，也沒有實際經驗過那場遙遠古代的景象，但是這並不奇怪，聽說與從靈締結契約的召主偶而會以作夢的方式窺見英靈的回憶。

肯尼斯當然非常熟悉關於自己召喚的英靈的傳說故事。雖然他從沒想到竟然會以那麼真實的光景親眼目睹……不過剛才那場夢的確是『迪爾穆德與葛蘭妮亞的傳說』裡其中一個場面。

「但是……我……怎麼會在這裡？」

意識還沒完全清醒的肯尼斯環顧四周。

四周的空間空蕩蕩的，什麼都沒有。廢墟特有的灰濁空氣讓冬天夜晚的寒意更加刺骨。

這個冷漠的空間裡只擺著一些機械設備，就算尋找過去的蛛絲馬跡，也看不出有誰曾在這裡生活過。

肯尼斯看過這個地方，這裡是他在冬木凱悅飯店倒塌之後選作暫時落腳處的郊外廢棄工廠。

他開始回憶腦中混亂的記憶。

他跟蹤Caster，一路跟到艾因茲柏恩森林。然後他沒有理會幾位從靈的戰鬥，便想要獨自一人與Saber的召主決鬥……

就在他想起整件事來龍去脈的同時，屈辱感與憤怒如潰堤般席捲而來。

難以抑遏的激動情緒讓他忍不住想要握緊拳頭，此時他才終於發覺自己明明已經從昏睡中甦醒，四肢卻一點感覺都沒有。

「怎麼……」

肯尼斯心中感到不解與恐懼，拚命掙扎。但是身體還是文風不動。他仰躺在一張簡單的推床上，胸口與腰部都被皮帶緊緊綁住。

如果只是不能起身的話他還能接受，但是為什麼雙手雙腳一點反應都沒有？皮帶只有綁住身體而已，沒有任何東西束縛住四肢，但……就是動不了，雙手雙腳彷彿不是他的四肢一樣。

「──你醒了嗎？」

肯尼斯心愛未婚妻的聲音由視線外傳來，可能是注意到他掙扎時發出的聲音而走了過來。

「索菈郿？這究竟是……我、我怎麼會在這裡？」

「是 Lancer 把你帶回來的，他把你從險境中救出來呢。難道你完全不記得發生什麼事了嗎？」

「我……」

自己被槍擊了。在艾因茲柏恩城，就在自己正要下手除掉那個耍弄小把戲的半吊子魔術師的時候。

但是敵人的子彈應該的確已經被月靈髓液擋下了才對。肯尼斯還清楚記得當他確信自己獲勝的那一瞬間。

可是記憶就在這裡中斷。他依稀記得，好像……遭到一陣痛徹心扉的痛楚。等到回過神的時候就已經仰躺在這裡了，就連過了多久的時間都不知道。

索菈鄔以醫師觸診般的手法將手指放在肯尼斯的手臂上，但是肯尼斯完全沒有被觸摸的感覺。

「你身上還留有全身魔術迴路失控的跡象，內臟幾乎全都完了，渾身的筋肉與神經也都損壞殆盡。沒有當場死亡真是奇蹟呢。」

「……」

「總之，只來得及讓內臟再生而已，神經系統方面已經無藥可救了。現在就算花再多時間治療，恐怕也沒辦法恢復到能站立行走的程度。而且──」

聽著未婚妻語調平淡地說著診斷結果，肯尼斯心中的絕望逐漸擴大。

因為魔力失控而造成的自我傷害。對魔術師來說這是與自身最密切，也是最致命的下場。

肯尼斯這種人應該最不可能發生這種最低等的失誤。即便如此，他也不是不明白這種結局代表著什麼意義。

「而且──肯尼斯，你的魔術迴路已經毀了，這輩子再也無法使用魔術。」

「我……我……」

從前被譽為神童艾梅羅伊爵士的男人眼中浮出淚水。

他完全不能理解為什麼自己會遭到這種絕望的打擊，這個世界應該是對他寄予祝福的。上帝應該已經對他的天才能力賦予無限光明的前途與榮耀才對。

以往肯尼斯深信不疑的世界真理大聲地粉碎瓦解，一點都沒有留下。這樣的現實太過無情荒誕，超乎他的想像，讓他害怕地哭泣著。現在的肯尼斯就像是一個初次理解何謂恐懼的幼兒一樣。

「不要哭，肯尼斯。現在放棄還太早了。」

索菈鄔以安慰的口吻輕聲說著，一邊輕撫肯尼斯的臉頰。她對未婚夫的溫柔體貼總是稍嫌太遲，真正需要的時候卻一直盼不到。

「聖杯戰爭還沒結束。肯尼斯，這都是因為你的策略喔。只要身為魔力供應來源的我還活著，和Lancer之間的契約就能存續。我們還沒有輸。」

「……索菈鄔？」

「如果聖杯許願機真是萬能的話，想要讓你的身體完全復原也不是不可能，不是嗎？只要我們打贏戰爭就可以了。打贏這場戰爭獲得聖杯的話，所有的一切都會回復到像以前那樣。」

「……」

索菈鄔這番話應該是為了激勵肯尼斯，給予他希望。未婚妻對另一半的鼓勵與支持，應該最能為他帶來勇氣才對。

可是——不知為何，一種不安的感覺像是穿過縫隙的寒風一般吹進肯尼斯的心中。

索菈鄔不曉得是不是察覺到肯尼斯心中的疑慮，臉上帶著慈母般的微笑，抬起肯尼斯的右手。她的手指在已經癱瘓的右手背上來回摩娑，輕輕撫摸那兩道還留存的令咒。

「所以囉，肯尼斯……為了幫你拿到聖杯，把這兩道令咒讓給我吧。由我來代替你成為召主，繼承Lancer。」

「不……不行！」

肯尼斯二話不說立刻拒絕的原因有一半或許是源自於動物天生的本能。現在他已經失去一切，只能依賴這兩道令咒，千萬不可以放手——肯尼斯的靈魂這麼吶喊著。

肯尼斯感到莫名的恐懼。索菈鄔像是安撫一個鬧脾氣的小孩子一樣，繼續溫柔地對他說道：

「你不願意相信我嗎？雖然沒有魔術刻印，但我也算是蘇菲亞利家魔術師的一分子。嫁進亞奇波特家的我代替艾梅羅伊爵士上戰場，這有什麼奇怪嗎？」

「不，可是……」

索菈鄔說的話不無道理。

肯尼斯確實已經很難再前往戰地觀看 Lancer 戰鬥。他現在是泥菩薩過江自身難保，就連自己都保護不了。要是有敵人像之前艾因茲柏恩那樣，在從靈對戰的同時派出殺手刺殺召主的話，他肯定難逃一死。

索菈鄔的魔術師位階遠遠不及肯尼斯，但是這場聖杯戰爭中有召喚出伊斯坎達爾的韋伯，以及疑似與 Caster 締結契約的殺人魔參加。這種人以召主的能力來說根本不成氣候，只要戰術正確的話，即使索菈鄔比不上肯尼斯，想要打贏戰爭也絕不是不可能。

如果想要驅使從靈的話，能夠讓那些怪物臣服的令咒是必不可少的。但是——

肯尼斯回想起第一場戰鬥結束後的深夜，索菈鄔在飯店注視著 Lancer 的熱情眼神。她從來沒有將那種如痴如幻的陶醉眼神投注在自己這個未婚夫身上。

如果索菈鄔只是因為看到一位美男子而看傻了眼，那他還能夠諒解。這是女人都會犯的一點小過錯，因為這點程度的小事就大動肝火的話如何能做她的丈夫。

可是這也只限於「如果 Lancer 只是普通的美男子而已」。

「……索菈鄔，妳認為 Lancer 會不對我而對妳效忠嗎？」

肯尼斯刻意壓抑感情問道，索菈鄔毫不猶豫點頭。

「他也是回應聖杯召喚而來的英靈，渴望得到聖杯的心意和我們一樣。就算召主換了別人，為了達到目的，他一定會退讓接受的。」

「妳錯了……」

肯尼斯在心中呻吟道。事情與索菈鄔無關，所以她不知道。但是那個英靈迪爾穆德・奧・德利暗可不是那麼了不起的人物。

受到聖杯召喚而成為從靈的英靈確實不只是為了契約關係參加聖杯戰爭。照理說，他們各自也因為某種緣由，渴望得到聖杯。正因為他們有求於聖杯，所以才會盡力協助讓自己的召主成為勝利者，希望能共享聖杯的恩澤。

因此從靈的召主對自己召喚的英靈要做的第一件事就是詢問他的願望，問他為了什麼原因渴望得到聖杯，接受召喚而現身——如果不把英靈追求聖杯的緣由問清楚，兩者之間的信賴關係絕對無法成立。因為萬一各自的願望內容互相矛盾的話，說不定在得到聖杯的時候就會遭受慘痛的背叛。

肯尼斯當然也很早就問過迪爾穆德的願望是什麼。肯尼斯問他：當兩人共同得到聖杯的時候，你要許什麼願望。

但是英靈卻沒有回答。

不，這種說法不算正確。迪爾穆德不是拒絕回答，而是完全否定了這個問題的意義。

他說──『我不要什麼聖杯。』

我不需要任何報酬，只希望能夠對今生召喚自己的主君盡忠，成就身為騎士的榮譽。這就是我的願望。

肯尼斯當然無法接受這種說法。如果沒有相當的理由，名震天下的英靈怎麼可能甘願紆尊降貴，屈就自己成為區區人類的使魔。又不是在做社會公益，這種笑話一點都不好笑。

但是無論肯尼斯再怎麼鼓動三寸不爛之舌想要探出原因，他的Lancer始終堅持不願意改變先前所說的理由。

『我只要能夠完成騎士的榮譽就夠了，聖杯許願機就讓給召主您。』

Lancer自始至終不改初衷，堅決不接受聖杯。

──現在回想起來，肯尼斯可能從那時候開始就已經對自己締結契約的從靈懷有不信任感吧。

怎麼可能會有從靈不要聖杯。

那麼Lancer的回答顯然就是一種虛偽，他把自己真正的意圖隱藏起來不讓他人知道。

肯尼斯原本認為就算Lancer不說也無所謂，在他手上有令咒，只要他掌握這道絕對命令權，迪爾穆德絕對無法背叛他。從靈終究只是工具，只不過是一種器具而已。只要能夠發揮應有的功能，不管工具心理在想什麼都無關緊要。這個判斷是肯尼斯到昨天為止的想法。

但是現在看到索菈鄔對Lancer這麼深信不疑，肯尼斯再也無法像之前那樣擺出寬容的態度了。

如果他真的追隨索菈鄔的話——如果他說的話是真的——那麼事情就很明顯了，他的動機不是想要聖杯，而是另有所圖。

絕對不能相信那個英靈，而且從他生前的傳說看來，那個男子原本不就是一個背叛信義，勾引主君之妻逃亡的亂臣賊子嗎……

「令咒……不能給妳。」

肯尼斯一口回絕。

「令咒與魔術迴路是完全不同的魔術系統，現在的我還是可以使用令咒。我……就算是現在，我還是Lancer的召主！」

索菈鄔深深嘆了一口氣。

她臉上的溫柔笑容也隨著這聲嘆息褪去。

「肯尼斯，你還是不明白呢……你根本不明白我們無論如何一定要打贏這場戰爭。」

啪地一聲，耳邊傳來如同乾枯樹枝斷裂的聲音。

剛才索菈鄔還在輕柔撫弄的肯尼斯右手，現在右手小指已經被她緩慢又輕易地扭斷了。

肯尼斯還是感覺不到疼痛，但是毫無知覺反而更讓他倍感恐懼。索菈鄔可以就這樣不受到任何抵抗，簡簡單單把剩下的四根手指依序折斷。

「肯尼斯，像我這種程度的靈媒治療術沒有辦法把已經深植的令咒強制拔除啊。一定要你本人同意才能把這個順利摘除下來。」

索菈鄔神色漠然地說道，只有說話的聲音還是像剛才一樣柔和。她的語調始終沉穩，就像是對一個笨拙的小孩講道理一樣。

「如果你還是不能接受的話……我只能把這隻右手切下來了，你說呢？」

在廢工廠的後門外面，有一片茂密的雜木林在黑暗中蔓延開來。

索菈鄔讓自己暴露在夜晚寒冷的空氣中，先等亢奮的情緒冷靜下來之後，對著不見身影的衛哨說道：

「Lancer，請你現身。我有話要對你說。」

聽見索菈鄔的呼喚，英靈迪爾穆德立即在她的身邊化出實體。

在他恭敬低垂的眼睛下方，那顆哭痣仍然是那麼地美豔奪目。以活動方便為優先考量的輕巧皮製鎧甲，更加襯托出他那如同猛禽般精悍結實的肉體。

不管看幾次都讓索菈鄔忍不住發出歎息，從體內深處泛起一股燥熱。

「外面有什麼異狀嗎？」

「目前很安全。雖然偶爾感覺到可能是從 Caster 身邊走失的怪魔在四處徘徊，但是牠們還沒有察覺到我們，所以沒有攻擊的動作。肯尼斯先生設下的結界還沒有任何破綻。」

索菈鄔點點頭，心中放心許多。如果 Lancer 這麼專心監視外面狀況的話，一定完全沒有察覺剛才建築物內發生什麼事情吧。

「索菈鄔小姐，請問肯尼斯先生的情況怎麼樣？」

「很不樂觀。雖然已經做了一些處置……就算雙手可以經過復健恢復，他的雙腳可能也已經沒希望了。」

Lancer 低下頭，表情鬱鬱寡歡。這位耿直的英靈似乎把肯尼斯負傷都當作是自己的責任。

「要是我……要是我能更早察覺狀況有異的話，就不會讓主君白白去涉險了……」

「這不是你的錯，都是肯尼斯自作自受。這場聖杯戰爭對他來說負擔太重了吧。」

「不，但是……」

面對眼前欲言又止的 Lancer，索菈鄔打定主意，把心中的話說出來。

「他不適合當你的召主，迪爾穆德。」

Lancer 沉默不語，雙眼目不轉睛地望著索菈鄔的臉，就連這種嚴厲的眼神都讓索菈鄔陶陶然。她定一定心神，舉起右手手背給從靈看。

剛才還存在於肯尼斯手上的兩道令咒，現在清楚地印在索菈鄔的右手背上。

「肯尼斯已經放棄戰鬥，把召主的權限讓給了我。Lancer，從今天晚上開始你就是我的從靈了。」

「……」

美貌的英靈沉默了一陣之後，垂下雙眼，搖了搖頭。

「我已經以騎士的身分宣示效忠肯尼斯先生了。索菈鄔小姐……您的要求我不能答應。」

「什麼？」

Lancer 出乎意料的反抗反而讓索菈鄔慌了手腳。

「你能現界原本不都是因為有我的魔力嗎？現在連令咒都在我手上，我才是你真正的契約者啊！」

「這與接收您的魔力或是令兄的束縛完全無關。」

Lancer低垂的眼神中滿懷歉意，繼續沉聲說道：

「我不只是從靈，更是一名騎士，我所效忠的君主只能有一個人。索菈鄔小姐，還請您見諒。」

「……我不夠資格做你的召主嗎？迪爾穆德。」

「這兩件事沒有關係──」

「看著我的眼睛說話！」

索菈鄔的叱喝讓Lancer不得不勉強抬起頭，與她正面相視。索菈鄔泛著淚光的眼神對他來說有一種熟悉感，而且還是最沉痛的熟悉感。

從前他也曾經面對一位像這樣以淚水向他哭訴的女性。

「……Lancer，與我並肩作戰。保護我，協助我，和我一起取得聖杯。」

「我不能這麼做。如果肯尼斯先生要放棄戰爭的話，我也不再追求聖杯。」

過度激動的感情幾乎讓索菈鄔脫口說出無法挽回的話語。她趕緊懸崖勒馬，按捺自己的情緒，等待心中的悸動平息之後，繼續以沉重的低沉嗓音說道：

「Lancer，如果你還堅持自己是效忠於肯尼斯的騎士，那就更要贏得聖杯不可。他的狀況我剛才已經說過了，想要治癒那副身軀一定要有奇蹟幫助。只有聖杯才能達成那樣的奇蹟。」

「……」

Lancer再度陷入沉默，但是這次的沉默代表同意的意思。

「如果你認為他受傷是你的責任，如果你還想挽回艾梅羅伊爵士的威名的話，你就必須將聖杯奉獻給主人。」

「……索菈鄔小姐，您的意思是說您是以肯尼斯先生伴侶的身分，單純只是為了肯尼斯先生追求聖杯是嗎？」

「沒……沒錯。這是當然的。」

Lancer靜靜回望著索菈鄔的眼神，讓她緊張地回答前先得嚥一口氣。

「您願意發誓嗎？發誓絕對別無他想。」

如果可以的話，索菈鄔真想大哭一場，不顧一切禮節地哭喊，緊緊抱住這位美男子，向他訴說心中的思念。

但是如果這麼做，這位高傲的英靈一定會冷酷地拒絕索菈鄔。索菈鄔不能把心中所想告訴他，至少現在還不可以。

「——我願意。我發誓以肯尼斯．艾梅羅伊妻子的身分，將聖杯奉獻給丈夫。」

索菈鄔語氣僵硬地立下誓言，Lancer此時終於放鬆表情，靜靜點了點頭。

Lancer的表情或許平淡到還不足以稱之為微笑。即使如此，對於索菈鄔來說仍然是無上的幸福。她終於讓他對自己露出像是笑容一般的表情了。

沒錯，就算只是謊言也無所謂——索菈鄔心中再次暗暗想著。

現在只要能和這個男子維持關係，任何形式的關係都好。為了這個目的，就算是再卑劣的謊言她都願意說出口，絕對不允許任何人有任何意見。沒錯，她絕對不允許任何人阻礙。

他是一位非常人的過客，是聖杯帶來的如同泡沫般短暫的奇蹟。即使如此，索菈鄔心中的想法還是不會改變。

現在回想起來，她的心自孩提時代剛懂事的時候就已經凍結了。因為索菈鄔出生在一個已經有了嫡子的魔導名門，對於較晚出生的她來說，培養身為女性的感情一點意義也沒有。

蘇菲亞利家的魔導血統代代相傳，歷經千錘百鍊，少女唯一的價值就是在於血統，除此之外她的存在一無是處。也就是說自她呱呱落地的那一刻開始，她唯一的**用途**就是政治聯姻。

索菈鄔從不覺得遺憾，甚至從來不曾有過懷疑的念頭。在她的一生當中完全沒有選擇的機會，對雙親決定的婚事也是乖乖答應。對於今後將要一輩子稱呼一個她毫無興趣的男人為丈夫，她那早已凍結的靈魂沒有任何感觸。

但是現在不一樣了。

她的胸口從未感受過心臟如此熱切、如此激烈的鼓動。

索菈鄔・納薩雷・蘇菲亞利的心靈已經不再冰封，因為她已經嘗到胸口因愛火燒灼而發熱的感覺了。

索菈鄔回到寢室之後，Lancer獨自留在室外繼續站哨。從靈不需要睡眠，只要有召主提供充足的魔力，從靈的肉體永遠不會疲勞。

也因此，他無法藉由睡眠遺忘心中的煩悶。

Lancer反覆想起索菈鄔所說的話，嘆了一口氣。

那雙真摯、哀戚，不顧一切向自己訴說的眼神，與過去他『妻子』的形貌實在太相似了。

葛蘭妮亞公主——

就是她讓迪爾穆德背負背信的聖誓，把他從榮耀的英雄寶座上拉下來，成為一介流亡者。但是迪爾穆德對這樣的她卻一點都不憎恨。

即使這只是一段因為受到英雄的魔性美貌誘惑，毫無來由的戀情，但是她為了這份感情選擇從米可爾達的筵會逃走。對她來說，這依舊是一個必須拋棄一切的重大決定。與親人之間的緣分、身為王室公主的驕傲，以及原本已經屬於她的榮耀未來……葛蘭妮亞背棄這一切，選擇與迪爾穆德相戀。如果這段戀情的起因是因為誘惑的咒法力量，總有一天她會對自己的感情產生懷疑吧。但是葛蘭妮亞不畏懼這樣的未來，踏上為了愛情而活的人生道路。

旁人都認為迪爾穆德受到波及，遭受無妄之災，但是迪爾穆德本人卻不這麼想。比起自身的苦難，他總是為對方心中的痛苦著想。

面對考驗自尊的聖誓，他不是就這麼屈服了。他曾經覺得眷戀，也曾經掙扎過。但是就在他因為背叛主君芬恩・馬庫爾而感到苦惱的同時，也對葛蘭妮亞這位直到最後始終相信自己的內心，並且貫徹到底的女性深感敬佩，後來甚至愛上了她。

兩人的愛情之路當然走得極為艱辛。

在嫉妒與激憤的驅使之下，芬恩・馬庫爾派出手下所有的兵力追擊私奔的兩人，把他們當成野獸一樣捕獵。迪爾穆德雖然一邊守護著公主，但是絕對不與芬恩旗下與自己交好的騎士兵刃相向。唯有面對那些與芬恩有盟約，受到召集而來的外地追兵的時候，他才會露出自己凶猛的獠牙。

與巨人賽爾邦（Searbhán）的戰役、與九位加爾巴（Garbs）之戰，以及與芬恩的乳母『磨臼魔女』戰鬥……迪爾穆德與葛蘭妮亞逃亡的期間所寫下的種種英雄事蹟，後來甚至更勝於當初在飛亞納騎士團打出的名號。對於一心希望成為高潔忠臣的迪爾穆德來說，這些英雄傳說實在太過諷刺了。

忠義是什麼？愛情又是什麼？

當他的雙槍切開敵人的時候，他的騎士精神同時也遭到撕裂。互相矛盾的忠義精神以及聖誓讓他備受折磨，但是技巧精妙的兩柄魔槍依然在他心生迷惑之前刺穿對手，造成無謂的死亡。

一位女性與兩個男人——血流成河，屍堆成山就只為了這三個人的情意與堅持。

看到這些無謂的犧牲，到最後先屈服的人是芬恩。老君主終於承認迪爾穆德與葛蘭妮亞的婚姻，給予迪爾穆德應有的地位與領地，再度將他納為臣下。

這是迪爾穆德期盼已久的和平，但是到頭來連這段和平也只是他們之間關係徹底毀滅的前兆而已。

有一天，與芬恩一同出獵的迪爾穆德因為山豬的獠牙受了重傷。傷勢雖然致命，不過只要芬恩在他身邊的話根本就不足為懼，因為身懷種種英雄奇蹟的芬恩能夠讓他手中掬起的泉水變成療傷的靈藥。

但是面對瀕死的忠臣，充塞於老君主芬恩腦海中的，卻是過去他們曾經爭奪過同一個女人的嫉妒與酸楚。

流出泉水的水井距離倒地的迪爾穆德只有九步之遙，芬恩想要治療騎士的傷勢只需要走九步路就可以了。但是相傳在這短短的九步距離之間，芬恩運水的時候卻兩度將手中捧著的水潑灑出來。

當他第三次送水來的時候，英雄迪爾穆德已經斷了氣。

——現在，迪爾穆德成為從靈被召喚到現代，當他再回首自己過往的結局時，他依然不覺得後悔，也不曾恨過任何人。他既想要回報妻子的愛情，也能體諒芬恩的憤怒。只是命運的流轉實在太不從人願而已。

迪爾穆德的人生並非只有苦難與悲嘆。與主君交杯痛飲的豪快、與愛妻的耳鬢廝磨都在他的心中成為無可取代的珍貴回憶。就算人生最後以悲劇收場，迪爾穆德對天命沒有任何不滿，因為他與他身邊的人們都已經積極努力地活過了。

他不想否定那唯一一次已經成為過往的人生。

但是如果可能的話。

如果他還有第二次人生，能夠再次以騎士的身分提槍的話——

這種不可能實現的奇蹟可能性，在英靈迪爾穆德的心中成為他的夙願。

過去從自己手中失去的榮譽、無法成就的驕傲。迪爾穆德滿心希望有個機會能夠重拾這一切。

在前世無法實現，一條為了騎士道初衷而活的道路。

這次他一定要貫徹忠義之路——

這次他一定要懷著真摯無瑕的信義，得到將勝利奉獻給主君的榮耀——

也就是說Lancer對聖杯毫無所求。當他再度受封為臣，站上名為冬木的戰場的時候，他的願望就已經達成一半了。

剩下的一半在他贏得勝利的時候將會完成。當他把聖杯帶回主君身邊，具體表現出自己滿心赤誠的時候，他的一切都會獲得滿足。

他的願望就只是這樣而已，這應該不是什麼遙不可及的奢望才對。

但是現在迪爾穆德的前方卻被不祥的黑雲籠罩。他背負的魔貌罪業又將在他與新的主君肯尼斯之間打下決裂的樁子。

如果索菈鄔能夠察覺自己受到魔貌的誘惑是一種不智的行為，就可以避免最糟糕的事態發生。

但是如果她成為第二個葛蘭妮亞緊緊抓著自己不放的話——到時候他是否可以對這名女性的感情置之不理呢？

這應該是一場為了悲慘命運贖罪的戰鬥。既然這樣，他更加不能重蹈覆轍。

但是，該怎麼做才好——？

在寂靜的黑夜當中，Lancer找不出答案，只能悶悶不樂地抬頭仰望天際的明月。

-108:27:55

海浪拍打的聲音。

海岸即將迎接黎明，照亮四周的微光只是讓飄忽的晨曦染上一層白色。

沙灘向左右無限延伸。海面籠罩在白色晨曦當中，看不見盡頭。被晨曦掩蓋的風景是對岸陸地？還是遙遠彼方的海平面？抑或是**什麼都沒有**？

除了一波波的海浪聲之外，萬籟俱靜。

天無雲，地無風。所有人類的活動都與這片海岸遙不可及。

前進，向著東方不斷前進，將這世上所有的一切全都拋向遙遠的西方——他就這樣一路到達這片空無一物的寂寥海岸。

所以在晨曦的另一頭一定也是**空無一物**。

前方沒有任何世界，遠征不可能再進行下去了。這裡——就是世界盡頭之海。

他閉上眼睛，聆聽陣陣海浪聲。

只有窮究世界盡頭之人才有資格欣賞這遙遠的海之旋律——

「——」

自己似乎趴在桌上就這樣打起瞌睡來了。

因為睡姿不正常，所以肩膀很僵硬。當韋伯抬起頭的時候，麻痺的刺痛使他發出呻吟。

他覺得好像做了一場奇怪的夢。一場自己完全沒有印象，卻又異常清楚，彷彿在偷看他人記憶般的夢境。

外面的天色已經暗了，看來這一睡讓他浪費了不少時間。韋伯對自己竟然這麼漫不經心而咂舌，現在沒有什麼東西比時間還更加寶貴了。

所有的召主都爭先恐後想要摘下 Caster 的腦袋。最早完成這項任務的人可以獲得額外的令咒做為報酬……韋伯當然不會白白放棄這個機會。特別是對他來說，他手下的從靈伊斯坎達爾簡直就像是一匹悍馬，令咒可以說是他唯一可依賴的韁繩，無論如何絕對不能讓給其他召主。

不論對方是什麼身分的英靈，如果是 Caster 職別，那麼他必定是一個以權謀計策見長的從靈。

只有具備強大抗魔力的 Saber 才有能力在毫無計畫的狀況下向他正面挑戰。不屬三大騎士之列的 Rider 原則上只能以智鬥智。事實上，伊斯坎達爾的抗魔能力在判定上相當於D等級……頂多只有意思意思的防禦能力而已。

因此對付Caster最好的方法，就是想辦法讓他對上Saber，然後等他被淘汰出局，但是這樣等於放棄千載難逢的追加令咒。向Saber提出同盟要求，讓她幫忙追殺Caster也是下策。如果想要讓之後的聖杯戰爭局勢有利於己的話，現在一定要捷足先登，快他人一步才行。

從冬木教會發出告示之後過了一天一夜，總之自己想得到的調查都已經派Rider去進行了。韋伯自己原本是為了研擬戰略而留在家裡……沒想到煩惱到最後竟然打起盹來，那個囂張的從靈不曉得又會說出什麼話來嘲諷他。

不，如果只是嘲諷幾句就了事的話那還好——韋伯想起已經不曉得挨了幾下的彈額頭的痛楚，忍不住伸手按住額頭。他已經受夠那套了，再打下去頭蓋骨該不會被Rider打裂吧。

就在韋伯想著這些的時候，他警覺到有人沿著走廊樓梯拾級而上的腳步聲，趕緊打起精神。仔細一想，現在差不多是老夫人準備好晚餐，來叫韋伯吃飯的時間了。現在這個房間裡……總之沒有什麼不能被看見的物品。

輕輕的幾聲敲門聲後，門外傳來老夫人的聲音。但是內容卻和韋伯預料的完全不同。

「韋伯，亞歷士先生已經到了喔。」

「——啊？」

當韋伯正要開口問誰是亞歷士的時候，在他的腦海裡忽然閃過一道非常危險的直覺。

亞歷士……ALEX……ANDER？

就在他心想莫非是……的時候，樓下客廳突然爆出一陣豪邁的粗野笑聲。

「……給我等一下～～～～～？」

臉色大變的韋伯飛奔出房間，看也不看愣在一旁的老夫人，就這樣連滾帶爬地跑下樓梯，衝進已經開始準備晚餐的廚房飯廳。

電視上正在播放每天上演的綜藝節目，葛連老翁正在拿前菜當點心配啤酒喝。一如往常的晚餐一景當中有一個巨大的異物存在。

從靈龐大的身軀在客用椅上維持著微妙的平衡，嗨地一聲舉起一隻手，對韋伯輕鬆打聲招呼，然後把老人倒在杯中的啤酒咕嚕咕嚕一飲而盡。

「你喝起酒來還真是痛快啊。」

葛連拿著酒瓶，正要勸進第二杯酒。難得遇見酒友，他似乎打從心裡覺得高興。

「本來還期待我家韋伯從英國回來的時候能學會喝幾杯酒，結果還差得遠了，讓我覺得好掃興啊。」

「哈哈哈，因為他不懂得怎麼玩樂嘛。虧我常常跟他說：懂得享受人生的人才是贏家。」

征服王正在與老人談笑風生。眼前的光景簡直是一場天大的玩笑，讓韋伯一句話都說不出來。

此時從後面回到廚房的老婦人，一臉傷腦筋地在韋伯的肩膀上輕輕戳了一下。

「真是的，不可以這樣喔。如果有客人要來拜訪的話一定要早一點跟我們說才對嘛。如果知道客人要來的話，我就會準備更豐盛的菜色了。」

「……不是……咦咦……？」

撇下一臉茫然的韋伯，Rider 笑咪咪地搖頭說道：

「夫人別這麼說，請您不要客氣。樸實無華的家庭風味才是最頂級的招待。」

「哎呀呀，亞歷士先生真是會說話。」

老婦人呵呵輕笑，就連她都已經完全被 Rider 開朗的氣氛感染了。現場反而只有韋伯一個人還搞不清楚狀況，呆站在原地。

「你也知道，我們家韋伯就是那個性子。我一直非常擔心他在英國的學校能不能適應，不過如果他有像你這麼值得信賴的朋友，那我真是白操心啦。」

「哪裡哪裡。我才是常常受他的照顧。你看，這條長褲也是他特地幫我選購的。怎麼樣，看起來很不錯吧？」

Rider得意洋洋地展現身上那件XL尺寸的洗舊牛仔褲。到頭來，韋伯指派他到外面辦事的時候還是買了一條牛仔褲給他。雖然韋伯不知道雙方到底是如何搭上線的，不過他總算也漸漸看出麥肯吉夫婦眼裡的『亞歷士先生』是什麼樣的人了。

對受到魔術暗示的老夫婦而言，韋伯被設定為從英國留學回來的孫子。而Rider似乎是以韋伯在留學地結交之友人的名義，大大方方地拜訪麥肯吉家，就這樣占據了晚餐餐桌的一個角落。

雖然老夫婦實在太沒戒心，竟然這麼輕易就相信了。但是Rider能說得他們深信不疑，大方氣度同樣也算得上超乎常人。韋伯在今天之前為了隱藏從靈的存在，一直小心翼翼、戰戰兢兢。此時看見三人愉快談天的模樣，讓他又怒又驚，簡直渾身脫力。

「亞歷士先生打算在日本待多久呢？」

「這個嘛，處理完一些雜事之前大概會待個一星期左右吧。」

「如果你不介意的話，要不要住在我們家呀？雖然寒舍狹小，沒辦法準備客房，但是如果住韋伯的房間，只要鋪上棉被的話應該還可以再睡一個人。對吧，韋伯？」

「……」

「棉被？喔喔！就是這個國家的寢具吧！那當然一定要好好體驗一番啊！」

「哈哈哈，睡覺不是睡床鋪而是睡地板上，還不習慣的時候一定覺得很奇怪。我們夫婦倆已經在日本住了好長一段時間了，但是剛來的時候總是覺得每件事都很讓人驚訝呢。」

「這就是所謂的異國情趣吧。未知的驚奇正是最大的樂趣，不管在任何時代，亞細亞總是讓朕玩味不已啊！」

即使一個不小心第一人稱露了餡兒，葛連老翁似乎還是不以為意，笑著點頭。

「來來，白飯差不多就要煮好了。韋伯也快點坐下來。」

在老婦人的催促之下，韋伯無精打采地在自己的座位上就座。今天不曉得為什麼，早就已經習慣的座椅讓他覺得如坐針氈。

晚餐時間搖身一變，熱鬧地幾乎就像是參加宴會一樣。可是韋伯始終不發一語，坐在肆無忌憚放聲大笑的Rider身邊，就連放進嘴裡的食物都食不知味了。

「——結果你到底想做什麼？」

晚餐結束後，當Rider腋下抱著從家主借來的棉被枕頭再度回到房間時，韋伯開口第一句話就這麼質問自己的從靈。

「想做什麼……朕只不過是想從大門進來啊，如果不那樣找個藉口的話根本進不來不是嗎？」

「叫你進出的時候一定要變成靈體！我不是已經跟你說過幾百遍了嗎!!」

韋伯大發脾氣，氣得幾乎快要哭出來。Rider反而有些無奈。

「但是如果變成靈體的話，這東西就拿不進來了嘛。」

巨漢說著，舉起手中的東西給韋伯看。那是韋伯藉口當作旅途行李帶進房間的小型運動手提袋。

「雖然不曉得這是什麼，總之朕今天的工作就是把這個東西帶回來吧？就是為了這件事，朕才終於有褲子穿。再說要朕做這件事的人不就是你嗎？小子？」

「我是說……你只要把這件東西偷偷放在門前，之後我再去拿就好了！」

「如果是這樣的話，只要想一個能夠從門口正正當當登堂入室的理由不就可以了嗎——話說回來，這玩意兒到底是什麼東西？」

韋伯從一臉不知所以然的Rider手中收下手提袋，仔細檢視手提袋裡的東西。裡面一共有二十四支塞著木栓的試管。這些試管上貼著手寫英文字母的標籤，當中全都裝著透明無色的液體。

「難得穿上褲子，本來想去更熱鬧的地方逛逛——為什麼朕堂堂征服王要去偏僻的河邊打水？」

「因為這件事比啃煎餅看電視還來得更有意義。」

韋伯手腳俐落地清理桌面，把自己從倫敦的學生宿舍小心翼翼帶來的整套實驗道具從行李中掏出來，準備著手進行實驗。

裝著礦石或試劑的藥瓶、酒精燈、研缽以及滴管……奇怪的器具一件一件擺在桌面上，讓征服王看得皺起了眉頭。

「怎麼？你現在要開始模仿別人玩煉金術嗎？」

「不是模仿，這就是煉金術。笨蛋。」

韋伯臭著臉說道，同時把Rider帶回來的一堆試管依照標籤順序插在試管架上。然後依照實驗目的挑選合適的試劑，進行調配。這些動作在時鐘塔的基礎學科已經被要求重複做了不下千百遍，就算閉著眼睛也不會弄錯分量。

「為了預防萬一，我再確認一次。你的確是按照地圖上寫的地點取水，沒有弄錯吧？」

「小子，你把朕當傻瓜嗎？這點小事怎麼可能會出錯。」

Rider口中抱怨道，把一張摺疊起來的地圖扔給韋伯。那是冬木市的全市區地圖，地圖上沿著未遠川從出海口直到上游之間，間隔一定的距離註記著英文字母。

地圖上的標示與Rider帶回來的試管上標籤的字母符號相符。試管裡面的液體就是從各個規定地點取來的未遠川河水。因為Rider說什麼都要以實體出門，所以韋伯以買衣服給他為條件，命令他先去取回河水。先不管這些水能不能派上用場，韋伯認為指派Rider這件任務至少比他到處亂晃還有用得多。

「……我到底在做什麼？」

默默地準備試劑，彷彿像是重新回到時鐘塔初等部的時候一樣，這種感覺讓韋伯覺得很悶。自己應該要以從靈之主的身分在戰場上轟轟烈烈地戰鬥，怎麼會在這裡重複這種既單調又無趣的簡單工作。

韋伯一邊憂鬱地嘆口氣，一邊用滴管吸取一點調配好的試劑，首先把『A』標籤的試管栓拔開，在裡面滴下一滴藥劑。

「……哇。」

化學反應出乎意料地明顯，原本透明無色的河水瞬間染成赤銅色。

「這究竟是什麼？」

韋伯還以為Rider已經開始觀賞還沒看完的錄影帶，沒想到他正露出一臉興致勃勃的表情，從韋伯的肩膀後頭觀看實驗狀況。雖然韋伯實在懶得解釋，但是他更不希望遭到Rider煩人的提問攻勢影響自己做實驗，所以還是決定回答他的問題。

「這是術式殘留物的痕跡，也就是水中含有的魔術殘渣。」

標籤A也就是幾乎與海洋鄰接的河口位置。靠海的地點還能驗出這麼強烈的反應，顯然大有問題。

「在河川的上游……說是上游，離出海口其實也不遠的位置有人曾經施展過魔術。只要逆向追蹤魔術的痕跡，說不定就可以掌握那個人所在位置的線索。」

「……小子，你一開始就察覺那條河的河水裡有這種東西嗎？」

「怎麼可能。但是這片土地的正中心正好有河川流過，當然應該從水開始調查。」

想要查出魔術師的所在地點，最簡單的就是「水」屬性。「高處往低處流」是水的絕對原則。比起花工夫測量風向或分析地脈，尋找水脈流向是最容易的。如果是一片有河水經過的土地的話，那更是輕鬆。

其他還有好幾種探查方式，韋伯只是打算從其中最簡單的方法開始調查而已……看來他一開始就抽中了「大獎」。暫時可以說好運是站在他這邊的。

韋伯很快地依照B、C、D……的順序，一一把試劑滴在試管內。愈往上游推進，反應愈來愈明顯。如此誇張的化學反應讓韋伯從驚訝到愕然，這一定是有某個人在河川的正中央設置工房，肆無忌憚地將排水流入河川裡。這種魔術師連三流都稱不上，根本就是個愚蠢的笨蛋——但是現在就是有一個這樣的笨蛋。昨天韋伯被叫到冬木教會，已經從擔任監督者的神父那裡聽說事情的經過了。

「但是，就算用這種方法查出來……也沒什麼好驕傲的。」

用盡奇謀妙計攻敵之不備、彼此施展奇蹟較勁——這才是韋伯心目中想像的「魔術較量」，只有缺乏才幹的平凡人才會用這種像是警察鑑識般的普通調查方式做事。雖然逐漸掌握有利的成果，但是韋伯心中依然殘留著一種難堪的感覺。

『P』試管的反應已經濃得像是墨水一樣。如果接下來的反應還要更強烈的話，現在這種簡易的分析方式就不敷使用了。

韋伯心中滿懷疑問，在『Q』試管裡滴入試劑。

「……」

河水還是一樣清澈。不管再怎麼搖晃試管，還是沒有任何反應。

韋伯重新攤開地圖，指著P與Q的手寫符號。

「Rider，在這裡和……這裡的中間有什麼東西？有沒有排水溝或是渠道的出水口。」

「喔，有一個非常大的排水溝。」

「就是那裡。只要順著那條排水溝往裡面走應該能找到Caster的工房。」

「……」

Rider露出出奇認真的表情，仔細打量著韋伯。

「喂，小子。你該不會……是一位非常優秀的魔術師吧？」

這句話實在來得太突兀，聽在韋伯耳裡簡直就是一種諷刺。他輕哼一聲，撇過頭去。

「這種把戲根本不是優秀魔術師會用的手段，以手法來說是最爛的方式，你在嘲笑我是吧。」

「你在說什麼。就算用最爛的方式，如果能達到最佳的效果，豈不是比一開始就使用高明手法還要更了不起嗎？你應該覺得驕傲，身為你的從靈，朕也覺得很有面子。」

Rider發出豪爽的笑聲，拍打矮小召主的肩膀。韋伯愈來愈火大，本想回嘴，但是就算對這個從靈講解何謂魔術的精髓也只是對牛彈琴。一想到這一點，他就默默地忍了下來。

「好，既然知道人在哪裡事情就好辦了。小子，咱們現在就殺過去吧。」

「你等等，敵人可是Caster。有哪個傻瓜就這樣沒頭沒腦地攻過去？」

對魔術師來說，建造工房可說是集自身所修習魔導之大成。因此攻擊魔術師的工房，同時也就代表正面迎戰那位魔術師擁有的所有力量、技術與知識。

魔術師從靈Caster更是魔導的個中翹楚，他的職別特性強化『製作陣地』的能力，讓他不論在任何地形條件之下，都能在最短時間內建造出效果最好的工房。只要有這項技能，Caster在七名從靈當中就能擁有最強大的守城優勢。就算是Caster的天敵Saber，想要試圖正面強行突破Caster的工房也是與自殺無異。

這種程度的道理，Rider應該也明白才對，但是巨漢從靈似乎完全不把這件事放在心上。不曉得什麼時候他已經現出衮普歐提斯之劍（Sword of the Kupriotes），未出鞘的劍在肩膀上拍了兩下，咧嘴一笑道：

「聽好了，戰陣這種東西在戰場上會時時改變位置。如果掌握敵人的位置卻不立刻攻擊，等到對方逃掉之後再後悔也來不及了。」

「……你今天怎麼這麼積極？」

「那當然，自己的召主終於拿出像樣的功績成果。那麼朕當然也要拿下敵人的首級予以回報，這才是從靈的氣概。」

「……」

Rider這麼說讓韋伯感到渾身不自在，不曉得該如何反駁才好。Rider似乎把韋伯的沉默當做承諾的意思，朗聲大笑，一邊搥打韋伯細瘦的肩膀一邊點頭。

「不要一開始就洩了氣。總之先盡全力打了再說，說不定船到橋頭自然直啦。」

「……」

從前征服王麾下的將士也是像這樣被他拖著四處跑，一路衝到亞細亞東方的盡頭嗎？一想到這裡，韋伯不禁打從心底同情那些古代的士兵們。

-106:08:19

——就結果來看，船到橋頭果然直。

果不其然，韋伯猜測的下水道深處是一片異樣的魔境。大量生著無數觸手的水棲怪魔擠成一群，鎮守在狹小的隧道當中等著絞殺可憐的入侵者。

就算目睹眼前這番令人毛骨悚然的景象，伊斯坎達爾的處理方法當然還是只有一種。

「AAAALaLaLaLaLaie!!」

『神威的車輪』就像是一架帶著雷擊的挖掘機，目中無人地在下水道中肆虐。怪魔被踩爛、燒毀、碾碎，體液與肉塊彷彿濃厚的霧氣般充斥整個下水道，一同坐在戰車上的韋伯甚至已經看不清楚前後方向了。

如果不是韋伯和Rider一起乘坐的駕駛座上包覆著一層防禦力場的話，他一定沒辦法呼吸，早就因為怪魔飛濺的血沫而窒息了吧。但是就算有防禦力場的存在，韋伯還是要用魔術防壁保護自己的氣管，而且還必須遮斷嗅覺。因為如果不這麼做，他幾乎就要被這股濃密的內臟腥臭味給薰昏了。

原本以為等著自己的會是何種複雜奇怪的防禦陣法——這次的Caster在自己選為居所的下水道中只是一個勁兒地布置數量龐大的使魔，除此之外完全沒有其他魔術偽裝或是陷阱。以魔術師的標準來看，這種地方根本不算是工房，就只是設置衛兵加強防衛能力的普通「防衛要塞」而已。

然而只依靠雜兵數量取勝的防衛措施，對於具有抗軍寶具的從靈來說正是最好應付的對象。以Rider來說，事情發展簡單地完全出乎他意料之外。

「小子，朕問你。攻打魔術師的工房都這麼輕鬆嗎？」

「……不對，太奇怪了。這次的Caster說不定不是正統的魔術師。」

「啥？你說這話是什麼意思？」

「舉例來說——如果這個英靈在生前不是赫赫有名的魔術師，只是因為在傳說中曾經召喚過惡魔，或是持有魔導書之類東西的話，就算以Caster的身分現世，他的能力可能也有限。」

在最初幾分鐘，聽到怪魔被輾斃的淒厲叫聲還會讓韋伯感到害怕。現在他的神經已經麻痺，在吵鬧的虐殺噪音當中還能扯開嗓門，大聲闡述這種溫吞的分析論調。

「再說如果這裡是正式的魔術師工房，像那樣毫無戒心地排放廢棄物也很奇怪。正常的魔術師根本不可能會犯那種錯。」

「是這樣子嗎……嗯？好像快到盡頭了。」

大量怪魔的肉牆擋在路上阻止兩人前進，卻被輕而易舉粉碎。等到注意到的時候，肉牆的密度已經減少了許多。戰車就這樣從血沫當中的潛航解脫，衝到一個寬敞的空間。周圍仍然是一片黑暗，沒有任何光源。雖然空氣完全不流通，卻沒有狹小密閉空間那種特有的壓迫感。

「——哼，真是不巧。看來Caster那傢伙不在。」

就算置身伸手不見五指的黑暗中，從靈的視力似乎還是一點都不受影響。Rider心不在焉地喃喃說著，語調異常低沉，似乎不只是因為讓敵人逃掉而感到失望而已。只是韋伯這時候還沒有注意到這一點。

「這裡是……儲水槽嗎？還是什麼東西？」

雖然韋伯希望有一點光可以照明，但是如果有伏兵藏身在這片黑暗中的話，點燈就等於告訴敵人自己的所在位置。像這種情況之下，最好還是依循魔術師的習慣，強化視覺看穿這片黑暗。

「……這個嘛，小子。朕勸你還是不要看比較好。」

一向豪邁不羈的征服王講話竟然會這樣不清不楚，好像在嘴裡卡了什麼東西一樣。韋伯聽了當然覺得很不高興。

「你在說什麼！既然 Caster 不在，至少要找到他人在哪裡的線索，不然要怎麼做事？」

「你說的是沒錯啦，不過還是算了吧。小子，這玩意兒你受不了的。」

「囉唆！」

韋伯更加氣憤，從戰車駕駛座走到地上，馬上發動暗視魔術。眼前就好像是雲霧散盡一般，視線豁然開朗，隱藏在黑暗中的景象也一覽無遺，清晰可見。

直到理解周圍狀況之前，韋伯已經忘了自己在先前的下水道之戰已經遮斷嗅覺，還沒解開。他還以為剛才落地時，鞋底傳出的水聲只是因為踩到一般的汙水而已。

「——什——」

韋伯．費爾維特是一名魔術師。魔術師的倫理不受一般倫常拘束，在他心中已經做好心理準備面對各種奇人怪事。

現在自己參加的這個稱為聖杯戰爭的儀式是一場殘虐無比的殺戮，他明白在這場戰鬥中毫無感情用事的餘地，也了解如果沒有親手堆起屍山血河的覺悟，根本沒有獲勝的希望。

所以韋伯早已下定決心，就算在任何意外的情況下目睹「死亡」，他都絕對不會動搖。因為這片冬木之地就是戰場，看見死屍是理所當然的事情。

即使死傷的數量再龐大、即使形體已經破敗到已經不能再稱為人體的地步——屍骸只不過是屍骸而已。雖然他會為了屍骸的悲哀與淒慘而皺皺眉頭，但是絕對能夠接受任何死亡。

韋伯一直都是這麼想，直到現在這一瞬間。

在韋伯想像力可及的範圍當中，所謂的死屍終究不過是人體的殘骸，只是受到破壞之後的物體而已。但是他現在看到的景象卻更超出他的想像領域之外。

如果要比喻的話，眼前的景象簡直就像是一家雜貨店。

這裡有家具，也有服飾；有樂器，也有餐具。還有一些林林總總看不出用途的東西，說不定只是繪畫或是擺設品而已。每一件物品都極盡巧思，看得出創作者窮究無拘無束的玩心以及感性的熱情。

製作這些物品的工匠一定對這些素材以及作業工作深愛不已。

韋伯了解有些人在暴力中尋求快樂，更有甚者，也有人因此犯下殺人罪行。但是存在於這片血染空間的屍體卻不一樣。

這裡沒有一具死屍是『受到破壞的屍骸』，每一具屍體都是創作品，是一件藝術。人類的生命與人類的形體在這段工藝過程中都被當作毫無價值的東西捨棄了——這就是曾經在這裡發生過的殺戮真相。

如此極盡創意工夫的殺害，以及利用死亡來創作的行為已經完全超出韋伯精神的容忍範圍。比起恐怖或是厭惡這種單純的感情，有一種更加深刻而直接的衝擊讓他連站都站不住腳。等到他回過神的時候，才發現自己已經四肢撐在沾滿鮮血的地面，把胃裡面所有東西全都翻了出來。

Rider從戰車上走下來，站在趴在地上的韋伯身邊，深深嘆口氣。

「朕不是說過了嗎？早就叫你不要看。」

「少囉唆！」

巨漢從靈輕輕的低語，讓韋伯幾乎已經潰決的心中最後一塊矜持碎片迸出火花。心中湧起的狂怒毫無理由或脈絡可言。他好恨自己這麼軟弱，竟然在這裡屈膝，而且偏偏是在自己的從靈面前示弱。這讓他感到無比悔恨與羞恥。

「該死——竟然這麼瞧不起我——該死！」

「你這傻瓜，現在還顧什麼面子。」

Rider嘆口氣說道。不知為何，他的語氣當中沒有失望，也沒有責備之意，沉穩的口氣聽起來反而像是在開導韋伯一樣。

「你有這種反應就對了。如果有哪個傢伙看到這個景象還不為所動的話，朕一定會抓來狠狠痛打一頓。

「朕倒要稱讚你的判斷啊，小子。最初先收拾 Caster 與他的召主的確是正確的方針。原來如此，像這種人讓他在世上多活一秒鐘都讓人覺得心中不痛快。」

「……」

就算 Rider 稱讚自己，站在韋伯的立場，他也無法打從心底覺得高興。他之所以把 Caster 當成目標，最主要是為了監督者提出做為報酬的額外令咒。這件事情他當然沒有告訴 Rider。因為沒有哪個從靈會對束縛自己的令咒平白無故增加而感到高興的。

Rider 剛才說的話沒有一句對韋伯有惡意，但是韋伯還是對昂然挺立的從靈感到難以壓抑的忿怒以及厭煩。

平日言行舉止總是對召主一點禮貌都沒有，甚至把召主當成傻瓜看待。如果只是這樣倒還好，但是最讓韋伯難以忍受的是——每當這個魁梧壯漢難得想要稱讚韋伯的時候，他總是完全誤解狀況。

「還說什麼……痛打一頓！混帳！你現在……現在不就一臉沒事地站在那兒嗎！丟臉的不就只有我一個人而已嗎！」

激烈的嘔吐讓韋伯噎住。他眼中泛著淚，扯開喉嚨破口大罵。Rider 露出困惑的表情，癟著嘴說道：

「朕嘛……朕現在打起十二萬分精神，可沒空又叫又鬧。」

因為朕的召主現在可能有殺身之禍啊。」

「——嗄？」

Rider 接下來的行動迅雷不及掩耳，韋伯完全沒時間懷疑自己的耳朵究竟是不是聽錯了。

他從腰間的劍鞘中拔出裘普歐提斯之劍，迅速向上一揮，在半空中震出一片火花。接下來他以從那副巨大身軀完全想像不出來，如同猛禽般敏捷的速度飛奔，反手朝黑暗的一角砍下一劍。

骨肉斷裂的溼潤聲音，伴隨著臨死的慘叫以及飛濺的鮮血紅花。

韋伯難以致信地看著身穿黑衣的屍體倒地。

襲擊者不知道什麼時候偷偷潛伏到韋伯的背後——也不知道 Rider 是在什麼時候察覺的。Rider 最初一劍打落的是黑衣身影對著韋伯射出的短刀。想必 Rider 是憑著短刀飛來的方向看出敵人的正確位置吧。就在韋伯渾然不覺的時候，這個染血的儲水槽已經變為戰場了。

但是更讓韋伯瞠目結舌的是，被 Rider 一劍砍倒的黑色身影赫然帶著一副白色骷髏的面具。

「Assassin……這怎麼可能？」

這種怪事根本不可能發生。之前韋伯已經藉由使魔的視覺親眼看到暗殺者從靈被打敗消滅的情況了。

「現在可沒有時間驚訝喔，小子。」

Rider低聲告誡，擋在韋伯前面守護他的安全，手中依然握著劍，不敢輕忽大意。就在Rider的面前，又有兩具骷髏面具如同幽靈般從黑暗中浮現。

「到到到……到底是為什麼？為什麼會有四個Assassin？」

「這種時候什麼原因理由都不重要啦。」

面對眼前這異常的事態，Rider的態度十分沉著冷靜。比起懷疑事情一連串的發展，他只關心眼前的局面。

「有一件事情可以確定——那就是認為這傢伙已經死了的人全部都上當了。」

雖然韋伯大為慌亂，但是保護他的Rider卻完全面不改色，沒有可乘之機。兩名Assassin見狀，心中懊悔地咂舌。

事實上，現在這個狀況對他們暗殺者來說是一大失策，毫無辯解的餘地。

部署在這裡監視Caster與其主龍之介的幾名Assassin當中有兩名已經離開，剩下這三個人留下來繼續在外面監視工房。

如果可以的話，他們很想潛入工房裡一探究竟。但是這裡是Caster的陣地，不曉得有什麼防護機制，他們不得不小心行事。但是此時出現的 Rider 兩人竟然老實不客氣地從正面展開突擊，三個人看見這個情況都認為是大好機會，打算偷偷進入 Rider 突破的缺口在後跟蹤，運氣好的話趁此機會查出工房的防衛狀況。

但是 Rider 竟然輕而易舉就到達工房內部，幾名 Assassin 也因此出乎意料地成功侵入 Caster 的住處。意外的發展讓三名 Assassin 大為興奮，其中一人被欲望迷了心竅，看見眼前 Rider 的召主這麼沒有戒心，逐漸壓抑不住好大喜功的念頭。

這麼做當然大大違背召主綺禮的指示，但是現在的狀況對 Assassin 來說實在太誘人了，如果能夠在這裡順利消滅 Rider 的話，綺禮怎麼可能會怪罪他們。

三個人商量之下，最後決定放手一搏——結果鑄下大錯。

還活著的兩名 Assassin 小心揣測 Rider 下一步會如何行動，同時以眼神互相探詢對方的想法。現在他們面對 Rider 是二打一，是否還要繼續進行戰鬥……

雙方毫不猶豫都只有一個答案，偷襲失敗的時候他們就已經沒有勝算了。計算我方與 Rider 的力量差距，單單兩個人連萬分之一的勝算都沒有。雖然惱人，但此時還是撤退，乖乖接受綺禮的斥責總比白白成為劍下亡魂來的好。

一取得共識，兩名 Assassin 立刻化為靈體，從 Rider 的眼前消失。

「他們……逃走了嗎？」

正當韋伯放下心的時候，Rider 搖搖頭，告誡道：

「死了兩個又跑出兩個——看這樣子還不曉得會冒出幾個 Assassin 出來。這裡很危險，是他們最喜歡的環境。咱們最好趕緊撤退。」

Rider 雖然放下劍，但是沒有還劍入鞘。他對著戰車努了努下顎。

「小子，回到朕的戰車上去。現在跑過去的話，量他們也不敢出手。」

「這個地方……就這樣放著不管嗎？」

韋伯指著這間他到現在還是不敢直視的工房，語氣沉重地問道：

「雖然仔細調查的話說不定可以查出什麼線索……不過還是算了吧。總之盡可能地破壞這裡之後再離開。這樣好歹也有一點戰果，可以對 Caster 造成阻礙。」

和在工房外蹂躪怪魔大軍的時候不一樣，Rider 此時變得非常謹慎。異形魔獸大軍壓境而來都不是他的對手，但是相比之下，暗殺者悄無聲息偷偷靠近的身影反而更加危險。

「倖存者呢——」

韋伯用嘶啞的嗓子說到一半，Rider 便以他穿破黑暗的視線仔細環顧四周，表情沉重地搖頭說道：

「雖然有幾個人還沒斷氣……但是變成那副模樣……殺了他們才是為他們好。」

韋伯一點都不想問 Rider 在黑暗中究竟看到些什麼。

兩人再度回到戰車的駕駛座上。Rider 一拉起韁繩，勇猛的公牛長聲暴嘶，在黑暗中迸射出陣陣雷光。

「不好意思，讓你們待在這種窄小的地方。不過宙斯之子啊，還要拜託你們大鬧一場，把這裡燒得灰飛煙滅吧！」

隨著 Rider 的叱喝，神牛的鐵蹄噠噠作響，猛然在這間染血的工房中繞了一圈。雷擊的鐵蹄彷彿連天空都能燒焦，只要被這些蹄子踏過，剩下的就只有徹底的破壞。Caster 與龍之介珍愛的噩夢收藏品在一瞬間被掃蕩地乾乾淨淨。等到戰車的車輪繞過第二圈、第三圈的時候，廣大的儲水槽中除了脂肪燒焦的惡臭之外已經什麼都不剩了。

韋伯環視四周毫不留情的破壞爪痕，眼神依舊黯淡。他知道這種程度根本無濟於事，鬱悶感還是深深盤據在見習魔術師的心中。

Rider 寬大粗壯的手掌在表情憂鬱的韋伯頭上抓了兩把。

「像這樣把他的根據地毀掉，Caster 就無所遁形了。他無路可去，之後就只能到外面來。再過不久就可以送他上路了。」

「等……我知道啦……別抓了啦！」

屈辱的對待讓韋伯更加意識到自己身材矮小，他一掃臉上的憂鬱表情，大發脾氣。Rider放聲大笑，手中操縱韁繩從原本進入的路徑向外疾駛。

僅僅花了幾分鐘，戰車脫離狹窄的下水道回到未遠川上，朝向夜空奔馳。不知為何，外面寒冷澄澈的空氣有一種久違的感覺，令人懷念。安穩的情緒總算讓韋伯的神經得以舒緩。

「哎呀哎呀，那地方真是悶死人了——今晚真想痛痛快快地喝到天亮，去去心中的悶氣。」

「……先說好，我可不陪你喝酒。」

實際上是不能喝。韋伯每次光是在旁邊看著Rider一個人自斟自飲，就被酒氣醺得頭暈腦脹。

「哼，朕才不指望你這種小鬼頭能陪朕共飲。唉呀～～真無趣，有沒有哪個美麗的河岸可以讓朕好好酩酊大醉一番……喔喔，朕想到了！」

Rider手掌一拍，一臉恍然大悟的表情。

雖然毫無來由，不過韋伯心中充滿一種不祥的預感。

-105:57:00

遠坂凜已經做好了心理準備。

她已經準備好成為魔導家系的繼承人，也已經準備踏上與一般少女迥異的命運。

在她身邊一直有一個最良好的示範。那是她認識的所有人當中最偉大、最出色，也最溫柔的大人。

對她來說，時臣這位父親在許多方面都是一個完美無瑕的人物。雖然像她這種年紀的女孩子喜歡黏著父親是很正常的事，但是凜認為一定沒有其他女兒像自己一樣對父親抱持這麼深厚的尊崇與愛情，她深深引以為傲。

以她的年紀應該有一些夢想，長大後想要成為歌星，或是當一位漂亮的新娘子。但是凜的願望卻截然不同。

職業只是其次，她最大的願望是成為一個像父親一樣了不起的人物。

這意味著她選擇與父親相同的人生，接受與父親相同的命運——換句話說，她要繼承遠坂家的魔導血脈。

不過她的這番想法還不很堅定，稱不上是一種決心。首先，她必須獲得師父也就是父親本人的首肯才行。目前父親從未對凜說過任何有意將自己一家之主的地位交付給她的話，凜對於這點也有一絲絲不安，說不定父親認為自己的素養不夠，未來無法成為魔術師。

即使如此，凜總是希望自己有足夠的能力成為魔術師。所以她也很自豪已經做好比一般人更深刻的覺悟了。

對於現在發生在冬木市的事情，凜當然比學校的同學了解更多得多。雖然還比不上父母親知道得那麼透徹，但是她知道的事情已經比路上大多數的大人們還要更接近事實真相。

她知道包含父親在內的七位魔術師正在爭戰。

她知道現在這座城市夜晚的黑暗中，到處充斥著甚至會危害生命安全的怪異。

就是因為凜知道實際狀況，所以讓她現在備受責任感的苛責。

她的朋友琴音昨天缺席，今天也還是沒來學校上課。

雖然班導師說琴音是因病請假，但是班上流傳的謠言卻又是另一回事。

就算凜嘗試打電話到琴音家裡，琴音的父母也不理會她。

現在冬木市接二連三發生的兒童綁架案，不是那種光靠一般搜索行動就能解決的簡單案件，如果把事情交給警察偵辦的話，失蹤的孩子們恐怕永遠都回不來了。學校的老師、琴音的父母以及朋友們絕對不知道這件事，唯有凜一個人心裡明白。

琴音總是黏著凜。每當她被班上的男孩子欺負，或是一個人處理不完圖書室委員工作的時候，凜的職責就是從旁幫助她。對凜來說，像這樣受到班上許多同學的依賴以及尊敬也是她心中小小的驕傲。因為這也是一個最好的機會，可以實踐父親教導的家訓——『無論何時何地都要保持舉止從容而優雅』。

琴音現在一定伸長了脖子等著凜去救她。

照理說，其實應該要拜託父親這位真正的魔術師去處理才對。但是父親正是參加這場『戰爭』的幾位當事者之一，從上個月開始就關在深山町的宅邸中閉門不出，這幾天連打個電話聊幾句話都不行。母親也嚴格命令凜千萬不可以打擾父親。

當然，母親也告誡她晚上絕對不能到外面去。

凜總是乖乖聽從父母的吩咐，但是她不能捨棄需要幫助的朋友不管。

因此——一個失眠的夜晚就已經是凜忍耐的極限了。

事實上，凜這時候的認知還只是一知半解，甚至可以說太過幼稚。

她還沒發覺光靠義務感或是良心苛責這種未經思索的理由，是絕對不可以踏進這片領域的。

比起受到結界保護的遠坂宅邸，想要摸出禪城家簡直易如反掌。

溜出寢室的窗戶，攀著陽臺的支柱向下滑到院子裡，接下來從樹籬下鑽過，走出後門來到圍牆外邊。

凜只花不到五分鐘就跑出來了，只是回去的時候沒辦法使用同樣的路徑。陽臺的支柱太光滑，可以向下滑，但無法抓著往上爬。

今天晚上自己偷溜出來的事情一定瞞不過父母親，到時候想必會受到他們嚴厲的教訓。但是凜已經下定決心了，她不是為了什麼見不得人的事才違背父母吩咐。正因為她身為高貴遠坂家的一分子，希望可以獨當一面，所以現在才打破禁令。她回來的時候一定會帶著琴音一起回來，不管父親或母親臉上擺出再嚇人的表情，他們心中一定會讚許凜的所作所為。

凜身上的裝備有三件。

其中她最仰賴的是上次生日父親才剛送給她的魔力指針。在旁人眼中看來，它的形狀與構造都像是掌上型的指北針，但是這個指針不會指向北方，而是指著散發出強大魔力的方向。雖然只是一件非常簡易的魔導器，但是凜已經利用這個指針學習到就連風的流動或是潮汐漲退都是一種細微的魔力移動。如果想要尋找什麼奇怪狀況發生的場所，這個指針一定可以派上用場。

另外還有凜在修習寶石魔術時，當作功課所精煉出來的兩枚水晶片。她選出以前製作的水晶片中最好和次好的成品。只要把水晶片中填充的魔力一口氣解放出來的話，應該會引發一陣小小的爆炸，雖然她從來沒有做過這麼危險的事情……遇到什麼萬一的時候，一定可以當作保護自身安全的武器。

就憑著這些裝備還有自己的實力，凜一心想要找到琴音，把她帶回家。

如果問她這樣放心嗎？她一定會面不改色地點頭答應。

如果再問她這樣真的放心嗎？她一定會嘟起小嘴，不高興地點頭答應。

如果繼續問她是不是千真萬確絕對安全——說不定她就會詞窮，不曉得該怎麼回答。

對凜來說，這本來就是一個既壞心又沒有意義的問題。比起考慮這些事，應該先關心琴音是否平安無事。如果問她假使琴音今後再也不會到學校來上課，她也能接受嗎？這樣的問題凜就能毫不猶豫地立刻回答了。

只要鼓起所有勇氣與自尊心，一般的事情大概都嚇不倒凜這孩子。她趕走想要偷偷鑽進心中的膽小鬼，打起精神快步朝最近的車站前進。冬木新都就在下一站，用手上的零錢就夠付電車費了。

×　×

凜已經有一個禮拜沒有呼吸到冬木夜晚的空氣。現在完全已經進入冬天，刺骨的寒氣讓她熱呼呼的身軀感覺很舒服。

如果能在最後一班電車開走之前找到琴音就好了——在凜的心中還懷抱著這樣天真的希望。這麼一來，距離時限還有兩個小時多一點點，時間絕對算不上充足。

總之第一步先調查新都。如果到深山町去的話，魔力指針自然只會一直指著遠坂宅邸，而且也可能被父親發現。

以大人的標準來看，現在應該不是晚上多晚的時間，但是街上來往的人潮卻出奇地少，上班族打扮的人們像是急忙趕著回家，腳步看起來都很倉促。雖然現在不是週末假日的晚上，但是平常走在夜晚街道上的人潮應該更多一點才對。

凜馬上打開魔力指針的蓋子——指針的反應卻讓她不知所措。

「……這是怎麼回事？」

如果在平常，指針只會呆呆地一邊搖晃一邊輕顫，但是今天晚上指針卻忙碌地轉個不停，凜還是第一次看到這種反應。看到指針就像是一隻受驚的小動物發了瘋似地亂轉，讓她覺得有些嚇人。

但就算呆站在這裡，事情也不會自己解決，已經有幾個經過的大人看到凜孤身一人沒有保護者隨行而留下驚訝的側目眼神。總之必須先移動才行。

一旦離開中心幹道，人煙更顯得稀少。凜微微有一種寒涼的異樣感覺，這真的是她熟悉的冬木市街景嗎？

事實上冬木市已經發布夜間宵禁了。獵奇殺人與綁架事件接二連三發生，再加上前天晚上新都與港灣區連續發生恐怖分子的爆破行為。警察已經呼籲市民在晚上盡量不要外出，聰明的平民都乖乖遵守這項呼籲。

就算警方沒有對外發布警戒宣告，願意在晚上出門的市民應該也不多吧。只要是直覺比較敏銳的人，應該都已經下意識地察覺現在冬木市的黑夜中潛藏著某種危險的東西。

「——啊，糟糕。」

看見警示燈的紅色閃光，凜趕緊藏身在暗巷陰影當中。巡邏中的警車慢慢地從眼前滑過，警察如果發現現在有小孩子一個人晚上在新都街上遊蕩的話，絕對不可能放任不管。萬一被逮到，凜就沒辦法尋找琴音了。

見警示燈的燈光走到看不見的遠方，凜終於安心地——

喀噹。

——原本因為安心而正要吐出的嘆息又被她吞了回去。

聲響來自她躲藏的暗巷深處，好像是臉盆或是什麼東西翻倒的聲音。可能是野貓正在翻食垃圾也說不定，現在還不能確定巷子裡面有人在。

凜很自然地低頭看了魔力指針一眼，再次吸了一口氣。

指針靜止不動了，彷彿像是凍結了一般指著巷子深處動也不動。

傳出聲響的方向有東西，一個散發出強烈魔力的異樣東西。

「……」

這不正是自己期待的成果嗎？

搜索行動一開始就有了眉目，這不是一個很幸運的開始嗎？凜接下來還要走遍整個冬木市，探索一個個可疑的場所，確認琴音有沒有在那裡。現在她已經找到了第一個地點。

來吧，走進巷子裡面，親眼看看那裡有什麼吧。

「不要。」

說不定立刻就能找到關於琴音的線索，或者說不定琴音本人就在那裡。

「絕對不要。」

沒有什麼好猶豫的，要不然大老遠跑到這裡來就沒意義了。凜不是一個懦弱的女孩，也不可能棄朋友於不顧。因為她是擁有古老歷史的遠坂家族的一員；因為她必須要用勇氣證明自己有能力完全繼承父親的衣缽。

「不要不要不要絕對不要不不不不不不……………………」

傳來一聲溼潤的水聲。她聽到隱藏在暗巷深處的**某個東西**的呼吸聲，好像在舔舐著什麼，又好像在地上爬行似的，發出啪喳啪喳的聲音。

現在凜終於真正明白了。這場原本希望能找回與好友之間的和平生活而展開的探索，絕對找不到她期望的結果。

琴音沒有在這片黑暗深處當中。

就算她人在這兒，也只剩下不再是琴音的其他東西。

凜今天晚上如果想要在新都的黑暗中尋找琴音的話，最初就應該以她的[redacted]為目標開始找起才對。

「不……要……」

簡單說來，凜確實擁有極為優異的魔術素質。

因為她用不著親眼看到，也不用接觸到怪異的真面目，光從氣息與直覺就能理解現在自己正暴露在多大的危險當中。

所謂的魔術就是容忍死亡、接受死亡——這就是所有見習魔術師在修習的過程中必須跨越的第一道障礙。

凜根本避無可避，也無法理解這個道理。『死亡』的冰冷觸感竟是如此真實、如此令人絕望。

此時年幼的凜被迫親身體會到魔導的這種恐怖本質。

她全身彷彿凍結般動彈不得，就連尖叫聲都發不出來。異常的恐怖已經足以震懾住小小年紀的少女。

凜的耳朵開始聽見奇怪的耳鳴聲，她認為那是粉碎心靈的寒冷絕望感所造成的，現在自己的思考，包含五官的感覺正要開始崩壞。

低沉的嗡嗡聲聽起來似乎單調，但是狂暴而凶猛，具有攻擊性。就好像是特大號的胡蜂成群朝著自己襲擊過來一樣……

耳鳴聲的音量愈來愈大，**愈來愈靠近**。

下一秒鐘，漆黑的霧狀體彷彿向凜的頭頂罩下一般，一起衝進暗巷裡來。

那個發出恐怖聲音的物事就像是一股濁流般，一邊扭轉一邊通過凜的頭頂，以猛烈的速度朝暗巷內的黑暗處衝過去。

緊接著響起一陣令人毛骨悚然的慘叫聲，聽起來好像是貓被活生生烹殺的聲音——但是那奇怪的聲音絕對不是貓發出來的。

凜的精神至此再也撐不住了。

她眼前愈來愈暗，站不住腳。就在倒地的那一瞬間，她感覺自己被什麼人輕輕抱住。

在她眼前出現一個只有左臉的怪物。

醜陋臉龐扭曲僵硬，還有一隻如同死魚般混濁的眼睛。

但是與噁心左臉對稱的右眼卻流露出寂寥，讓人為之心痛的悲哀神色。

之前她曾經在某個地方看過這種眼神——

這是凜在失去意識之前最後的思考。

×　×

當遠坂葵發現女兒的身影不在寢室時，已經是凜離家一個小時後的事了。

或許是因為小孩子的良心不安吧，床邊桌上留有一張寫有道歉話語的留言，內容寫著凜要回冬木市尋找失蹤的同班同學。

後悔之意讓葵眼前一陣暈眩。即使在吃晚餐的時候，凜還是很關心她那位叫做琴音的朋友，好幾次追問葵關於冬木市的現狀。

那時候葵不該含糊其辭，就算狠下心來，她都應該解釋清楚讓凜明白——要她忘了那位朋友。

應該要聯絡時臣——葵用理性壓抑住心中的呢喃。

葵雖然沒有魔術素養，不過她畢竟是魔術師的妻子。她很清楚現在丈夫時臣的狀況不容許他分心去顧慮女兒的安危。他現在正身處戰場之上，身邊的局勢讓他必須全神貫注，全力以赴以保住自己的性命。

如果有人能夠保護凜，那就只有自己了。

葵沒有換衣服就直接衝出禪城家，在夜晚的國道上飛車回到冬木市。

她不知道上哪兒去找凜，只能猜測凜的活動半徑，一處一處尋找。

如果凜是坐電車回到冬木市的話，活動的起點就是冬木車站。從冬木車站開始，小孩子的腳程約三十分鐘的範圍……

第一個浮現在她腦海中的地方是河濱的市民公園。

深夜公園的寂靜讓人聯想到墓園。

廣場上毫無生人氣息，無用的照明燈四處照出一個個空蕩蕩的空間，反而讓盤據在空間之間的黑暗顯得更加深邃，讓周圍的寂靜更加陰森嚇人。

冬木市夜晚的氣氛已經明顯變質了。葵與魔術師在一起生活，對於某種程度的怪異已經習以為常，她能確實感受到這異樣的氣息。

葵的視線最先尋找平常和凜一起來玩的時候，自己最喜歡坐的長椅，這可以說是某種直覺。

她在尋找的小小紅色毛衣身影果真就在長椅上。

「——！凜！」

葵不禁大叫一聲，向長椅跑過去。凜好像已經失去意識，橫躺在長椅上一動也不動。

葵抱起女兒。凜的呼吸雖然淺但是很規律，也能夠確實感受到她的體溫，看上去也沒有任何外傷，看來她好像真的只是睡著了。葵放下心中的大石頭，眼角忍不住滲出淚水。

「太好了……真的……太好了。」

究竟應該向誰表達這份感謝之意。雖然葵因為喜悅，連思考都有些遲鈍，但是等她回復冷靜之後，她赫然察覺有一道視線，有個人從長椅之後的草叢注視著她和凜。

想要保護懷中女兒的母性凌駕於恐懼之上。

「……是誰在那裡？」

葵緊張地喚道。藏身草叢的人影沒有逃開，反而慢慢出現在街燈的燈光之下。

那是一名全身裹著寬鬆風衣，頭上的兜帽戴得很深、遮住臉龐的男子。他的左腳好像帶傷，走起路來有些不靈活。

「我就知道只要在這裡等，妳一定找得到。」

神祕人影發出有些沙啞的聲音說道。他的聲音很低，參雜著氣喘聲，就好像罹患末期癌症一樣，連呼吸都會讓他感到痛苦。但是語氣中透露出的感情卻非常溫柔而慈和。

雖然聲音已經完全變了調，但是葵卻還記得這個說話的口吻。

「……雁夜……？」

人影停下腳步，猶豫了一會兒之後緩緩脫下兜帽，在街燈下露出臉部。

蒼白枯髮已經喪失原本的顏色與光澤。臉龐看起來非常可怕，左半張臉肌肉僵硬，呈現出有如亡者的痛苦相貌。

雖然葵忍住驚叫聲，還是不禁讓畏懼的喘息透了出來。雁夜用他還能活動的右半張臉露出哀戚的微笑。

「這就是──間桐家的魔術。奉獻血肉、讓生命被侵蝕……以自身為代價所成就的魔導。」

「什麼？這是怎麼回事？為什麼你會在這裡？」

葵的腦海中一片混亂，不斷追問眼前的童年玩伴。但是雁夜沒有回答她任何一個問題，以輕柔的語氣繼續說道：

「可是小櫻她不會有事的。在她變成這樣之前……我一定會把她救出來。」

「櫻——」

在這一年當中，遠坂家絕口不提這個禁忌的名字。被壓抑的離別痛楚又在葵的心中湧起。

櫻。被奉獻給間桐的遠坂家之女。

這麼說起來，雁夜最後出現在葵母女面前的時候不也正好是在一年之前嗎？

「臟硯想要的東西只有聖杯。我和他約好，只要我贏取聖杯，他就會放小櫻走。」

雁夜口中吐出『聖杯』這個名詞，讓葵陷入一種形同暈眩的寒意當中。

她發自內心希望自己聽錯了。但是雁夜卻好像背叛葵的想法似地，伸出右手手背讓她看。三道不祥的令咒清清楚楚刻印在他的右手背上。

「所以我一定會奪得聖杯……妳不用擔心，我的從靈是最強的，不可能輸給其他人。」

「啊啊……怎麼會……」

恐怖以及悲傷，兩種感情混亂交雜逼得葵說不出話來。

雁夜回歸間桐家，帶著從靈參加聖杯戰爭。

這件事實同時也等於預告，她的丈夫終究會和她的童年玩伴展開一場以血洗血的殘酷殺戮。

「怎麼會這樣……神啊……」

但是雁夜沒有注意到葵的悲嘆，他完全誤會了葵眼眶中淚水的涵義。

「對現在的小櫻而言，就連抱著一線希望都只是痛苦的折磨。

所以……請妳代替那孩子相信並且祈禱。為我的勝利祈禱，還有為小櫻的未來祈禱……」

亡者的空洞左眼如同發出咒怨般瞪視著葵。

童年玩伴的柔和右眼如同追求希望般祈求著葵。

「雁夜，你……」

想尋死嗎？

殺了時臣，然後一死嗎？

就算她想這麼問，但是卻說不出口。絕望漸漸把葵的內心抹成一片漆黑。

葵低下頭，用力緊緊抱住懷中的凜。她只能用這種方式逃避殘酷的現實。

葵的雙眼緊閉，只有雁夜輕柔又哀戚的聲音傳進她的耳裡。

「總有一天，小凜和小櫻會恢復原本的姐妹關係……我們大家一定可以像從前一樣在這座公園一起玩耍。

所以請妳不用再流淚了。」

「雁夜，等等——」

沒有人回應她最後的呼喚。拖著左腳的腳步聲緩緩漸行漸遠。葵沒有勇氣起身追上去，現在的她只能緊抱著唯一的愛女，以淚洗面。

只有凜一無所知的睡臉安詳地承受母親的淚水。

×　×

無聲無息，也沒有其他人看見其身影，潛伏在黑暗中的 Assassin 將他所目睹的一切以念話傳達給綺禮知道。

『就這樣放著遠坂時臣的夫人與小姐不管好嗎？』

『——不要緊。繼續監視 Berserker 的召主。』

『遵命——』

雖然 Assassin 點頭答應，但是他完全不了解這樣的偷窺行動對聖杯戰爭究竟有什麼幫助。

昨天，召主綺禮的命令中新增了一項奇怪的條件，指示Assassin仔細觀察關於敵方五位召主的私生活、興趣喜好以及個性，並且如實詳細報告。因為這道命令，讓散布在冬木市各處的**所有Assassin**都不得不把監視的密集程度增加到一倍以上。即便是現在，仍有**許多**藏身在各處黑暗中的Assassin對召主的意圖感到不解吧。

總之命令就得遵守，不問是非。雖然多費工夫，但也不是什麼困難的工作，沒有任何可以反駁的理由。

Assassin在黑暗中奔跑，繼續追蹤間桐雁夜。

-103:11:39

夜晚再次造訪艾因茲柏恩森林。

與昨晚不同，這是一個寂靜的暗夜。但是在各個地方留下的激戰爪痕依舊讓人看了觸目驚心。

來自本國的女侍們特地打理的城堡內部，也因為衛宮切嗣與艾梅羅伊爵士的戰鬥而變得殘破不堪。就算想要修補破壞的痕跡，但是能夠交辦雜事的女侍現在都已經全部回國了。愛莉斯菲爾嘆口氣，一邊努力不要去在意、一邊走過這片破敗到幾可稱為廢墟的頹圮走廊。

沒有遭到破壞的寢室所剩不多，愛莉斯菲爾已經讓久宇舞彌在其中一間休養。雖然她已經親手使用治癒魔術治療，但是艾因茲柏恩的魔術治療本來就對受術者的負擔非常大。艾因茲柏恩的治癒魔術起源於煉金術，並不是讓傷者原本的肉體再生，而必須用魔力煉製出新的肉體組織移植在傷者身上，使新組織適應傷者的身體。這種方法如果用來修補人工生命體當然沒有任何問題，但是如果應用在治療人類，以現代醫學來比喻的話，就等同於器官移植的大手術。

筋疲力竭的舞彌現在處於深度昏睡的狀態。在她恢復意識，身體能夠自由活動之前還需要花上一段時間吧。

一想到自己受到Saber的劍鞘保護，更讓愛莉斯菲爾為了舞彌的重傷而感到內疚。但是考慮到聖杯戰爭中各自扮演的角色重要性，保護愛莉斯菲爾的優先程度當然比舞彌還要高出許多，這個顯而易見的事實是不會改變的。因為同伴的傷勢比自己重而感到心痛，只能說這是一種天真的感傷情懷。

另一方面說到切嗣，在負傷的舞彌被送進城裡的時候他正好出城離開，到現在還沒回來。他甚至沒有告知愛莉斯菲爾與Saber要去哪裡——這恐怕是因為他打算去追殺從自己手中逃脫的肯尼斯．亞奇波特吧。就算不用切嗣說明，愛莉斯菲爾光看情況也能看出沒殺死敵方魔術師的原因在於Saber。但是切嗣還是一如往常，沒有因為這件事責備Saber，也沒有表現出憤怒的情緒。他只是以冷淡的忽視態度應付Saber之後揚長而去，也不曉得他知不知道這麼做，比任何責備或是咒罵更傷害Saber的自尊。總之雙方之間的嫌隙肯定會因此愈來愈深、愈來愈難以彌補。

就在愛莉斯菲爾操心丈夫與騎士王的未來而長嘆的時候，震耳欲聾的轟隆聲響粉碎夜晚的寂靜。不只如此，愛莉斯菲爾的魔術迴路受到強烈的負荷壓迫，幾乎讓她昏倒在走廊上。

轟隆聲響正是來自於不遠處的雷聲，與雷聲同時而來的魔力反饋代表城外森林的結界遭到破壞。而且不光只是衝破結界而已，這股反饋正如字面上形容的，是因為結界術式本身完全被拆毀所造成。

「竟然……想要正面突破嗎？」

愛莉斯菲爾難過地低聲說道。有一隻纖細而有力的手腕把她的肩膀扶起來，Saber察覺異變發生之後，便立刻像一道疾風般趕到她身邊。

「妳沒事吧？愛莉斯菲爾。」

「沒事，只是有點出乎意料罷了。我沒想到竟然要迎接這麼粗暴的客人。」

「我出去看看，妳盡量不要離開我身邊。」

愛莉斯菲爾點頭回應。與前往迎敵的Saber同行，代表她自己也要面對敵人。就算如此，只有Saber這最強從靈的身旁，才是戰場上最安全的地方。

配合愛莉斯菲爾的速度，兩人快步跑過荒廢的城堡內，目的地是圍繞著挑高大廳的陽臺。她們應該會在那裡遇見突破正門攻進來的敵人。

「剛才那聲雷鳴，還有那不知節制的力道……敵人應該是Rider。」

「我想也是。」

愛莉斯菲爾想起前天在倉庫街見識到寶具『神威的車輪』的強大威力。雷光環繞的神牛戰車——那麼厲害的抗軍寶具如果徹底解放的話，也難怪森林中設置的魔法陣基點會被連根拔除。結界的狀態如果夠完備的話也就罷了，不過術式前不久才被Caster與肯尼斯搞得亂七八糟，叫人懊惱的是，敵人竟然在結界還沒重新調整完畢的時候進攻。

「喂，騎士王！朕特地來找妳囉，怎麼還不快點出來啊。」

對方好像已經進入正門。正如兩人所料，大大方方地在大廳上呼喊的聲音確實是征服王伊斯坎達爾。粗豪的聲音有些走調，聽起來拉得長長的，不太像是要來尋釁的樣子。

但是Saber已經把意識轉換為戰意，一邊奔跑一邊讓白銀色的鎧甲現形，罩在西裝之外。

愛莉斯菲爾與Saber終於穿過走廊，來到可以一眼望盡大廳的陽臺上……敵方從靈昂然站在從採光窗射進來的月光之下，他的模樣頓時讓兩人啞口無言。

「……」

「喔，Saber。朕聽說妳們蓋了一座城堡，所以來看看——可是這城堡真是寒酸哪，嗯？」

Rider老大不客氣地露出雪白的牙齒，咧嘴笑道，同時懶洋洋地扭動脖子，發出嘎啦嘎啦的聲音。

「院子裡的樹木這～麼多，進出實在很不方便，走到城門之前還差點迷了路。朕已經幫妳們把樹稍微砍掉一些了，妳可要感謝朕啊，視野已經變得非～～常好了喔。」

「Rider，你……」

Saber雖然繃著臉開口喚道，但是眼前的光景太莫名其妙，實在讓她說不下去。反倒是Rider露出狐疑的表情，皺起眉頭。

「喂，騎士王，妳今天晚上沒有穿現代風格的服飾嗎？幹麼從頭到腳都穿著這種俗裡俗氣的戰甲？」

如果把Saber身穿鎧甲的模樣說成俗氣的話，Rider穿著洗舊牛仔褲和一件T恤的打扮又該如何評價才好？Rider那雄偉隆起的厚實胸膛上，他志得意滿誇耀的標誌其實是遊戲的標題Logo。考慮到Saber的尊嚴，也只能說『無知是一種幸福』吧。

韋伯．費爾維特一邊把半個身子藏在Rider巨大的身軀後面，一邊抬頭看著愛莉斯菲爾和Saber兩人，一臉不知道是敵意還是畏懼的奇怪表情。雙方還沒有說上一句話，他的臉上已經大大地寫著「好想快點回家去」。

愛莉斯菲爾從前也聽說過古代的伊斯坎達爾王對侵略地的異文化表現出異於常人的興趣，常常率先穿上亞細亞風格的衣裳而嚇到身邊的屬下。只是她萬萬沒想到眼前的Rider竟然是因為看到Saber穿著西裝的模樣，才這麼執著於現代世界的服裝。

更奇怪的是，今天晚上Rider手上拿的東西不是武器。

而是一個大木桶。

那東西怎麼看都是橡木做的普通酒桶。Rider用他筋肉壯碩的手腕將酒桶輕輕抱在腋下，模樣看起來就像是一個來送酒的年輕酒店老闆。

「你……」

第二次開口卻又語塞，Saber深呼吸讓自己冷靜下來，壓低著嗓音繼續說道：

「Rider，你到底是來做什麼的？」

「妳看了還不明白嗎？當然是來找妳喝一杯啊——好了，不要杵在那裡，快帶路。妳們這裡沒有什麼適合舉辦宴席的庭園嗎？這座破城裡面到處都是塵土，真讓人受不了。」

「……」

Saber厭煩地嘆口氣，蘊含在胸口中的強烈怒氣都消散了。面對這麼不正經的對手，她也沒有多餘的力氣可以一直維持戰意。

「愛莉斯菲爾，該怎麼辦？」

就算Saber徵詢自己的意見，但是愛莉斯菲爾也和她一樣，不知道應該如何是好。

雖然我方的結界被破壞讓她感到憤怒不已，但是看到 Rider 那麼鬆懈的笑容，對他發怒的話反而顯得不理智了。

「是陷阱嗎……他不是那種耍小手段的人吧。難道真的只是來喝酒的？」

仔細一想，Rider 先前已經公開說過，在 Saber 與 Lancer 分出勝負之前不會和 Saber 交戰。如果那是英靈以自身尊嚴所立下的約定，那麼他今天晚上突然攻過來也實在說不過去。

「那個男人，會不會是真的很想博取妳的好感？」

「不，這顯然是一場挑戰。」

Saber 雖然已經收起戰意，但是她的表情仍然很嚴肅。

「挑戰？」

「是的……我是國王，他也是一國之王。如果他明知雙方的身分，還要找我喝酒的話，那這就是一場不用武器的『戰鬥』。」

可能是聽見 Saber 的低語，征服王笑開了嘴，點頭說道：

「哼哼，妳很清楚嘛。如果不想舞刀動劍的話，那就來舉杯共飲吧。騎士王，今天晚上朕可要好好問一問妳的『王者氣度』，妳可得做好心理準備了。」

「有趣，我願意接受。」

Saber毅然接受挑戰，她的臉龐散發出與上戰場時相同的凜然英氣。事情演變至此，愛莉斯菲爾終於明白這不是開玩笑，而是一場真正勝負的開始。

× ×

選作宴會場所的地方是城堡中庭的花園。昨天晚上戰鬥的傷害並沒有波及到這裡，還算是一處能夠拿來招待客人而不至於丟臉的地方。室外的寒冷在此時就不重要了。

隔著Rider帶來的酒桶，兩名從靈盤起雙腿，以輕鬆的姿勢泰然對座。愛莉斯菲爾與韋伯則並排坐在左側，兩人心中雖然對難以捉摸的情勢感到惴惴不安，但是雙方已有默契暫時休戰，他們還是在一旁靜觀局勢的發展。

Rider用骨節隆起的拳頭敲開酒桶蓋，香醇的紅酒香氣立刻瀰漫在夜晚中庭的空氣中。

「雖然形狀有點奇怪，不過這可是這個國家傳統的酒器喔。」

Rider說著，自豪地拿起一支竹製柄杓。不曉得是幸還是不幸，在場沒有一個人有足夠的知識能指正他的錯誤。

Rider首先用柄杓將酒桶中的紅酒舀起，一口飲盡。

「傳說聖杯會交付給合適的人選……」

Rider沉穩地說道，首先揭開話題。雖然很少看到他以這麼嚴肅的口吻說話，但是不知為何一點都沒有格格不入的感覺。

「雖然這場在冬木展開的競爭就是決定合適人選的儀式——但如果只是確定人選的話，不見得一定要見紅。如果英靈對彼此的『器量』都可以接受的話，答案自然就會出現。」

「……」

Saber勇敢接過Rider遞出的柄杓，同樣也舀起一杓酒桶中的酒。

雖然她嬌小的身軀讓人擔心她究竟會不會喝酒，但是Saber飲酒的模樣卻和巨漢從靈不分軒輊，都是一樣豪邁痛快。Rider見狀，露出愉快的微笑。

「你的意思是說，首先想和我一較『器量』高低是嗎？Rider。」

「沒錯，因為我們雙方都自稱為『王』，當然不能不談談『器量』。說起來，這不是『聖杯戰爭』，而是一場『聖杯問答』……騎士王與征服王，究竟誰的器量比較適合成為『聖杯之王』？只要一問杯中物，自然就會明瞭。」

Rider認真說完之後，嘴角忽然一歪，露出狡黠的笑容，裝出一副捉弄人的口氣對某處說道：

「對了，我記得好像還有一個傢伙也堅稱自己是『王者』呢。」

「——玩笑話到此為止，雜種。」

如同回應 Rider 的發言一般，眾人的眼前綻出一道刺眼的金光。

Saber 與愛莉斯菲爾對這抹嗓音、這道光芒的印象很深刻，都為之一凜。

「Archer，你怎麼會在這裡……」

Saber 神情緊張地問道，回答她的則是表情自若的 Rider。

「沒有啦，我在街上看見這傢伙，所以姑且也約了他——你怎麼這麼慢，金閃閃。不過你和朕不一樣，是走過來的，也怪不得你啦。」

穿著閃亮鎧甲的 Archer 終於現身，如同紅寶石一般鮮紅的眼眸傲慢地直視 Rider。

「沒想到你竟然選這種狹小又讓人透不過氣的地方舉辦『王者的筵席』，光憑這一點就看得出你有多少斤兩了。勞駕本王特地前來，你打算怎麼賠罪？」

「別說這些氣悶的話。來，晚到的人要先乾一杯。」

Rider大笑，對Archer的話一笑置之，一邊將盛著酒的柄杓遞給Archer。

Archer怒氣騰騰，怎麼看都覺得他非常不友善。原本以為Rider的態度一定會激怒他，豈知他竟然很乾脆地接過柄杓，二話不說就把杓內的酒喝乾。

愛莉斯菲爾腦海裡又想起Saber把這場酒席稱之為「挑戰」的那句話。

既然這位目前還不知道真名的英靈Archer也自稱為王的話，他也無可避免一定要接受Rider煮酒論英雄的挑戰。

「——這是什麼低等劣酒？你們以為用這種劣酒真的可以估量英雄的器量高低嗎？」

Archer喝完杓中的酒，卻露出厭惡的表情把酒吐掉。

「是嗎？從本地市場買來的酒當中，這可是相當不錯的上等好酒喔。」

「會這麼想是因為你不知道什麼才是真正的酒，低賤的雜種。」

Archer嗤之以鼻，在他身旁的空間開始旋轉扭曲。韋伯與愛莉斯菲爾看過這幅景象，知道這正是產生無數寶具的奇異現象之前兆，頓時感到全身發冷，就要站起身來。

——但是今天晚上Archer在身邊召喚出來的不是武具，而是一組以絢爛寶石裝飾的酒器。沉甸甸的黃金酒瓶中盛滿了透明無色的液體。

「看清楚，好好學著。這才是所謂的『王者酒釀』。」

「哦哦，這真是太好了。」

Rider完全不把Archer的羞辱當成一回事，喜孜孜地將新到手的酒分別倒在三只酒杯中。

Saber對來歷不明的Archer所抱持的警覺心似乎比Rider更高，對於黃金酒瓶中的酒雖然有一些躊躇。但是她並沒有拒絕，也接過Rider交給她的酒杯。

「嗚喔，真好喝!!」

先喝下酒的Rider圓睜著雙眼大聲叫好。這麼一來Saber的好奇心也勝過了警覺心，再說此時此地是要比較眾人的器量高下，別人倒的酒怎麼可以留下。

在酒水入喉的那一瞬間，整個腦袋彷彿脹大了一倍，強烈的幸福感覺重擊Saber。真是過去從未品嘗過的頂級美酒，口味既強烈又清新，既香醇又痛快。過於強烈的味覺快感蓋過了嗅覺，甚至連視覺或觸覺都變遲鈍了。

「真是太棒了！這酒一定不是人手釀造出來的，是不是神話時代的玩意兒？」

聽見Rider出言盛讚，Archer同樣也悠然一笑。不知何時他也盤起雙腿坐在上座，滿意地輕搖手中酒杯。

「那當然。不管是美酒或是刀劍，在本王的寶庫中只有至高無上的財寶——光是這一點就足已決定身為王者的器量高低了吧。」

「真是胡言亂語，Archer！」

凜然出言斥喝的人是Saber，她已經漸漸對現場這種愈來愈親暱的氣氛感到煩躁。

「竟然以酒窖收藏評論王者之道，簡直荒謬。胡言亂語是小丑的工作，不是王者該為之事。」

面對Saber的憤怒，Archer只是冷哼一聲。

「真是難看，在宴席上連美酒都不能共享的無趣之徒才沒資格稱王吧。」

「別吵別吵，雙方的指責都很沒內容喔。」

Rider一邊苦笑，一邊阻止還想開口反駁的Saber。他對著Archer繼續說道：

「Archer，你的頂級好酒確實適合盛裝在最珍貴的酒杯裡——可是很不巧的，聖杯不是酒杯。

這是一場考驗誰最有資格拿到聖杯的聖杯問答，先聽聽你有什麼偉大的願望寄託於聖杯之上，不然根本談不下去。說吧，Archer。身為一方之主，你能說出什麼大道裡讓我們兩人都為之傾倒嗎？」

「少在那發號施令，雜種。第一，『爭奪聖杯』的這項前提就已經違反常理了。」

「嗯？」

看到Rider皺起眉頭，露出詫異的表情，Archer好像很無奈似地嘆了口氣。

「真要說起來，那原本就是屬於本王的物品。追溯起源，世上沒有一件寶物不是出自本王的寶庫。雖然時間過得久了些，總是有些東西會遺失，但是那些寶物到現在還是屬於本王的。」

「那你在以前曾經持有聖杯嗎？你的意思是說，你知道聖杯的真實面貌是什麼東西？」

「不知道。」

Archer 口氣平淡地否認 Rider 的追問。

「不要用雜種的標準來判斷。本王擁有的財寶總數早就已經遠超出本王所知，但只要那件物品是『寶物』，就可以確定是屬於本王的財物。竟然想要擅自拿走本王的財寶，就算是偷盜成性也該看看對象。」

這次輪到 Saber 對 Archer 的言論感到訝異了。

「你說的話和 Caster 的瘋言瘋語如出一轍，看來精神錯亂的從靈還不只有他一個。」

「不對不對，這也未必。」

和 Saber 不同，Rider 內心似乎已經有了什麼定見，喃喃說道。仔細一看，他不知道什麼時候開始已經把 Archer 的酒占為己有，老大不客氣地自己拿起酒瓶斟酒。

「朕好像已經猜到這個金閃閃的真名是什麼了。不過光是說到比朕伊斯坎達爾還要更囂張的國王，就會讓人聯想到一個名字啦。」

Rider驚人的發言讓愛莉斯菲爾與韋伯都豎起了耳朵，但是他卻裝出若無其事的表情繼續說道：

「那怎麼著？Archer，如果想要聖杯的話，只要得到你的許可就可以了嗎？」

Rider笑嘻嘻地明知故問。Archer凌厲的鮮紅雙眸橫了他一眼。

「沒錯，但是本王沒有理由將寶物賞賜給像你們這樣的雜種。」

「你這傢伙，該不會是個小氣鬼吧。」

「愚蠢，應當接受本王恩澤的人只有本王的臣子與人民而已。」

Archer大聲說道之後，對Rider投以譏嘲的微笑。

「所以說Rider，如果你臣服於本王之下的話，本王隨時可以賞你一、二個杯子。」

「……這個嘛，這是絕對不可能啦。」

Rider一邊抓抓下巴，好像還是覺得有些事情無法理解，歪著腦袋露出一臉疑惑的表情。

「可是Archer，你並沒有特別喜愛聖杯吧？也不是有什麼願望要實現才參加聖杯戰爭。」

「當然。但是染指本王財寶的賊子就要給予他應得的制裁，重點是原則問題。」

「你的意思是說——」

話說到一半，Rider 把杯中的酒喝乾之後繼續說道：

「怎麼？Archer，你的意思是說在你的行為裡存有何種公義？何種道理嗎？」

「是律法。」

Archer 立刻回答道。

「本王身為一位王者所實行的，屬於本王的律法。」

「嗯。」

Rider 似乎也接受了他的理論，不再繼續問下去，深深吐了一口氣。

「很完美的說法，貫徹執行自己的律法才是一國之主。可是～朕想要聖杯想要得不得了啊。朕的做法是既然想要就動手掠奪，因為朕伊斯坎達爾可是征服王嘛。」

「那就沒什麼好說了。你犯法，本王就會加以制裁，沒有爭論的餘地。」

「嗯，這麼一來，接下來就只能兵刃相見了。」

Archer 態度儼然，而 Rider 則是露出一掃疑慮的爽快表情。兩人意見一致，彼此點頭示意。

「──不過 Archer，總之先把這瓶酒喝完吧？要拚命的話，以後多的是機會。」

「那當然，還是說你原本打算糟蹋本王招待的美酒嗎？」

「開什麼玩笑，這種頂級美酒叫人怎麼割捨得下呢？」

Saber 一直皺著眉頭默默地看著 Archer 與 Rider 逐漸營造出一種不曉得是敵對還是友誼的交流關係。此時她終於向 Rider 開口問道：

「征服王，既然你已經承認聖杯的真正所有權屬於他人，你還是要強取豪奪嗎？」

「──嗯？是啊，這還用問嗎？朕的王道就是『征服』……也就是說所有的一切都歸結在『搶奪』與『侵略』之上。」

Saber 把勃然而起的怒氣壓抑在心底，繼續問道：

「你對聖杯有什麼願望，讓你這麼不擇手段？」

Rider 好像有點不好意思，輕笑兩聲之後先喝了一口酒，然後回答道：

「朕要得到肉體。」

這是一個任誰都意想不到的答案。至於韋伯更是驚訝到忍不住驚叫一聲，衝到 Rider 身邊逼問：

「你你你你！你的願望不是說要征服世──呀哇噗!!」

Rider 使出平時常用的彈額頭伎倆讓召主閉上嘴，聳聳肩說道：

「笨蛋。朕為什麼要讓一只杯子去打天下？征服是朕寄託於自身的夢想，對聖杯的願望只是實現這個夢想的第一步而已。」

「雜種……你該不會就是為了這種雞毛蒜皮的小事向本王挑戰吧？」

就連 Archer 都露出訝異的表情，但是 Rider 的神情還是十分認真。

「我說你們，我們雖然利用魔力現身在這世上，但畢竟是從靈之身。對這個世界來說，我們等於是一種奇蹟——真要說起來的話，就像是一個意外的訪客。你們覺得這樣就滿足了嗎？

朕覺得還不夠，朕要成為一個活生生的生命在這個轉生的世界裡扎根。」

「……」

聽 Rider 這麼一說，韋伯想起 Rider 總是抗拒變成靈體，喜歡維持實體的奇怪習慣。現在的他確實只不過是一種名為從靈的「現象」而已。就算他可以和人類一樣說話、穿衣、飲食，但是本質上與鬼魂差不了多少。

「你為什麼……這麼想得到肉體？」

「因為那才是『征服』的基礎。」

伊斯坎達爾緊緊握住骨節隆起的巨靈大掌，看著自己的拳頭低聲說道：

「以自己獨一無二的肉軀抬頭挺胸面對天地，這就是征服這種『行為』的一切……

像這樣展開行動、邁步前進、成就目標才是朕的霸道。

但是現在的朕連『一副身軀』都沒有，這樣是不行的，連第一步都踏不出去。朕伊斯坎達爾需要屬於自己的肉體，需要一具能夠堂堂正正頂天立地的肉體。」

Archer默默把手中的酒杯送到嘴邊，不曉得有沒有在聽Rider說話。但是仔細一看，在他嘴角浮現的表情與這名黃金英靈至今表露的任何感情完全不同。真要形容的話，那種表情類似一種笑容，但是Archer至今只有表現出充滿譏嘲的笑意，現在這個笑容顯得十分陰狠，讓人看了不寒而慄。

「本王決定了——Rider，本王要親手送你上西天。」

「哼哼，這種事現在還需要特別強調嗎？朕也是一樣。不只聖杯，朕要把你的那個什麼寶庫一口氣全都搶過來，你最好有所覺悟。你實在太不小心了，竟然讓征服王品嘗到此等美酒的滋味兒。」

Rider呵呵大笑，他似乎沒有發現還有一個人雖然一同參加酒宴，但是始終繃著臉，未曾展顏一笑。

Saber聽Rider說這是一場探究何謂王道的問答，事實上她也是以此為目的參加這場筵席的。但是在Rider與Archer兩人的言詞交鋒中，她卻找不到任何機會參與討論。因為她認為這兩位英靈彼此陳述的意見與她身為騎士王奉為王道的圭臬實在相去甚遠，與自己毫無關係。

完全只有私念而已——

那不是王者所遵循的正途。Saber以清廉為理念，站在她的角度來看，Archer或是Rider的論調根本只是一介暴君的思維。

雖然Archer與Rider都是不下於自己的強敵，但是Saber的心中現在正重新湧現出不屈不撓的鬥志。

不能輸給這兩個人，絕不能把聖杯拱手讓給他們。Archer所說的話本來就沒有什麼道理可言。至於Rider的願望，Saber承認Rider具有武人的高潔，但是他的願望畢竟只是出自個人私欲。與他們兩人相比，Saber有自信敢說深藏在自己心中的深切祈願具有更崇高的價值。

「——對了，Saber。妳還沒讓我們聽聽妳心中的想法。」

Rider終於把話頭帶到Saber身上，這時候她還是沒有一絲動搖。

自己的王道才是真正的驕傲。騎士王堅定地抬起頭直視兩位英靈，開口說道：

「我的願望是拯救我的故鄉。我要利用萬能許願機的力量改變不列顛毀滅的命運。」

× ×

「沒想到竟然是舉辦酒宴……」

遠坂時臣獨自坐在自家的地下工房裡，已經不曉得對 Rider 依舊不變的奇異行徑發出第幾次嘆息。

『這樣放任 Archer 好嗎？』

言峰綺禮的聲音從魔導通信機傳來，語氣聽來有點僵硬。時臣面露苦笑，用一句「莫可奈何」打發了他的疑問。

「他貴為眾王之王，有人對自己提出疑問，他當然不能逃避吧。」

只要英雄王基爾加梅修身為從靈的潛在能力不被看穿的話就沒什麼關係。幸好今天晚上他們的競爭應該僅止於酒杯之上吧，只要情況不演變成刀劍相向的局面，Archer 自然也不會平白無故現出『王之財寶』。

時臣身在自己的工房卻能掌握遠方艾因茲柏恩城中的狀況，這當然也是他們暗地裡派出 Assassin 潛入城堡，將 Assassin 的報告內容經由綺禮傳達給時臣知道。因為 Rider 破壞了森林的結界，也使得 Assassin 能夠維持氣息遮斷技能的效果，直接侵入城內。

雖然這已經是聖杯戰爭的第四個夜晚，但是遠坂時臣還沒走出過深山町的宅邸大門一步。這連日來，他一直安安穩穩地藏身在自己的陣地當中，掌握各地展開的聖杯戰爭狀況。就連其他想要神不知鬼不覺潛伏在他處的召主，他也已經調查出大致的情況了。

目前他們把注意的對象鎖定在Rider征服王伊斯坎達爾與他的召主韋伯・費爾維特身上。

他們到現在還沒有和其他從靈正式交戰過，完全不知道其實力如何，非常讓人忌憚。更麻煩的是，因為Assassin在Caster的工房犯下嚴重失誤，讓他們知道言峰綺禮與Assassin到現在都還健在，並未淘汰出局。

因為這個原因，使得綺禮再也無法讓Assassin隨便靠近Rider。氣息遮斷的技能也有極限，雖然Rider看起來粗枝大葉，但是他現在應該比其他從靈還要更繃緊神經，特別防範Assassin。綺禮也已經要求今晚潛入艾因茲柏恩城偷聽的Assassin要務必小心，千萬不要被Rider察覺。

「對了，綺禮。關於Rider與Archer的戰力高下……你怎麼看？」

『我認為一切端看Rider是否有比「神威的車輪」更強大的寶具。』

「嗯……」

問題就在這裡。相較於剩下四名從靈，時臣現在還無法掌握和 Rider 作戰的必勝法門。

Berserker 的召主衰弱狀況非常淒慘，而 Caster 的處境四面楚歌，連工房也被破壞。這兩組人馬只要放著等他們自生自滅就可以了。

Saber 也是一樣，只要她的傷勢沒有痊癒，Archer 就穩操勝券。Lancer 雖然還是毫髮無傷，但是時臣原本視為強敵的艾梅羅伊爵士現在已經淘汰，由魔術位階比他低的魔術師取而代之成為召主，危險性已經大不如前。

也就是說現在這個階段，對於 Rider 以外的其他四組人馬已經不必再用 Assassin 進行諜報工作了。

「綺禮……這時候嘗試主動攻擊或許也是一個方法。」

『原來如此。我沒有意見。』

不用完全說破，在通信機另一頭的綺禮也已經知道時臣心裡的想法了。

如果想要獲得更貴重的情報，在這時候犧牲 Assassin 也是其中一種選擇。

Rider 主從兩人都把注意力放在酒席上，毫無防備，現在正是攻擊的絕佳良機。在這種情況下，勝算多大並不是問題。即使 Assassin 落敗，只要能夠測出敵我雙方的戰力高下，目的就算達成了。如果順利打倒 Rider 當然很好，就算反遭擊敗，只要逼得

Rider不得不打出底牌就夠了。

『要讓**所有Assassin**在現場集合大約需要十分鐘的時間。』

「好，發出命令吧。這一注雖然賭得很大，不過幸好對我們沒有什麼損失。」

對時臣來說，Assassin只是他帶領基爾加梅修獲得聖杯的一種手段，一項用完就丟的道具而已，而徒弟綺禮對他這種想法也沒有任何異議。

時臣打定主意，輕鬆地坐在椅子上，重新交疊雙腿。他拿起身邊的茶壺，在茶杯中再倒滿一杯茶，一邊等待無情策略的結果傳來，一邊開始享受紅茶的芳香。

-102:54:10

Saber 正氣凜然的宣言，讓在座所有人陷入一陣沉默當中。

最初對這陣沉默感到不解的人正是 Saber 自己。

雖然她的發言確實很強勢，但是這兩個人不是因為一句話就會被震懾的簡單對手。而且自己說的話應該沒有奇怪到讓人覺得震驚，內容也沒有艱深到難以理解的程度才對。

這件事很清楚也很明白。毋庸置疑地，這種理想才值得奉為王道。不管是讚美之詞或是反對聲浪，應該馬上會有某些反應出現才對——但是現場卻是鴉雀無聲。

「——騎士王，或許是朕聽錯了也說不定。」

好不容易才開腔的 Rider 不知道為什麼，臉上一副疑惑的表情。

「妳剛才是不是說想要『改變命運』？妳的意思是想要推翻過去的歷史嗎？」

「是的，就算發生奇蹟都無法實現這個願望，但是如果聖杯真是無所不能的話，就一定可以——」

Saber 的話說到一半，這時她終於明白這股瀰漫在 Rider 與 Archer 兩人之間的微妙氣氛是什麼了。現在她面前的這兩位英靈臉上正露出一副興致蕭索的表情。

「Saber，朕確定一下……那個叫做不列顛的國家是在妳的時代滅亡的吧？就是在妳統治的時候嗎？」

「沒錯！所以我才無法容忍。」

Saber對於Rider兩人的反應甚至感到有些憤怒，說話的語氣不禁急躁了起來。

「所以我才覺得後悔，希望改變那個結局！都是因為我的關係……」

現場突然爆出一陣哄堂大笑，一陣既卑劣又極為下流，彷彿將所有禮節與尊嚴全部一腳踢開的放肆大笑聲。這陣笑聲是出黃金英靈扭曲的口中發出來的。

難以忍受的羞辱讓Saber的表情染上一抹怒意。Archer踐踏了她靈魂之中最寶貴的領域。

「……Archer，這有什麼好笑的？」

黃金英靈完全不理會Saber的怒氣，笑得上氣不接下氣，斷斷續續地說道：

「──自稱為王──也被群眾尊奉為王者──這樣的人，竟然覺得『後悔』？哈！這種事叫人如何不笑？真是了不起啊，Saber！妳真是最好笑的丑角了！」

Archer笑得人仰馬翻，難以自制。在他身邊的Rider則是雙眉緊蹙，臉上流露出平時不見的不悅神情，注視著Saber。

「等一下——騎士之王，妳給朕等一下。妳竟然想要否定自己在歷史當中留下的一言一行嗎？」

Saber從未對自己的理想有過任何懷疑，當然也沒想到現在竟然會有人這麼質疑她。

「就是這樣。你們為什麼覺得訝異？為什麼要笑？自己身為國王奉獻身心保護的國家滅亡了，我為此哀悼有什麼好笑嗎？」

回答她的又是Archer的爆笑聲。

「喂喂，你聽見她說什麼嗎？Rider？這個自稱是騎士王的小妮子……竟然！竟然說出『把身心奉獻給國家』這種話呀！」

Rider還是一陣默然，沒有搭理狂笑不止的Archer，臉上憂鬱的表情愈見沉重。對Saber來說，Rider的沉默與Archer的嘲笑沒兩樣，都是一種羞辱。

「這到底有什麼好笑？做為一國之主，就應該全心全意期望自己治理的國家永遠繁榮興盛才對！」

「不，妳錯了。」

Rider口氣堅定又嚴肅地駁斥Saber所說的話。

「不是王者奉獻自己，而是國家、百姓要將他們的身家性命奉獻給王者。絕對不是相反的狀況。」

「你說什麼——」

過度的怒不可遏讓 Saber 的聲音嘶啞。

「——那根本就是暴君統治！Rider、Archer，你們這種惡人才是根本沒有資格成為王者！」

「沒錯。正因為我們是暴君，所以才是偉大的英雄。」

Rider 面不改色，平和地回應道。

「但是 Saber，如果有哪個王者為了自己的統治、為了自己造成的結果感到後悔的話，那他只是平庸無能的昏君，比暴君還更糟糕。」

Rider 與一味訕笑的 Archer 不同，仍然依循問答的形式反駁 Saber。當 Saber 發現這一點的時候，她也收斂自己的語氣，決定以理論來應戰。

「伊斯坎達爾，你自己不也是一樣……繼承人被殺，辛辛苦苦打下的帝國最終分裂成三塊。對於這樣的結局，難道你一點都不覺得懊惱嗎？如果現在還有機會再來一次，難道你不認為還有其他拯救故國的方法嗎？」

「不會。」

Rider 的回答很乾脆。征服王雄赳赳氣昂昂地挺起胸膛，正面凝視騎士王嚴肅的眼神，反擊說道：

「如果朕下的決定、朕手下臣民的人生最終走上那樣的結局，那麼滅亡就是無可避免的。朕會為此哀悼、也會流淚，但是絕對不會感到後悔。」

「什麼──」

「更遑論要推翻一切！這種愚蠢的行為對所有與朕共同創造時代的人來說都是一大侮辱！」

Rider 充滿傲氣的宣言讓 Saber 大搖其頭。

「只有武人才會把滅亡之美當作是一種驕傲，那根本不符合人民的期望。救贖才是民之所願。」

「妳說王者的救贖？」

Rider 莫可奈何地失聲笑道，聳聳肩膀。

「真搞不懂，那種東西有什麼意義嗎？」

「那才是為王之人真正追求的願望！」

這次輪到 Saber 語氣激動地訴說著。

「遵循天理的統治、依照正道的治世。這些不正是所有臣民殷殷期盼的嗎？」

「那麼說，妳這個王者難不成是『正道』的奴隸嗎？」

「就是這樣沒錯，為了理想而殉身才是真正的王者。」

年輕的騎士王頷首說道，語氣中沒有一絲猶疑。

「人民經由國王的言行舉止學習何謂法治與秩序。一國之主具體傳達給人民的，不能是那種會隨著國王一同灰飛煙滅的幻影，而是更加崇高而永恆不滅的物事。」

看著Saber說話時的堅決態度，Rider甚至流露出憐憫之情，長嘆一聲。

「那根本不是『人』的生活方式。」

「當然不是。如果要成為一國之尊的話，怎能期望過著和凡人一樣的生活。」

為了成為一名完美無瑕的君主，為了成為理想的實踐者，身體捨去凡性而獲得不老長生，心靈捨去私情而成為完人。少女阿爾特利亞的人生在她把選王之劍從岩石中拔出來的那一瞬間就等於已經宣告結束了，之後的她是一項名為不敗的傳說、一首讚美曲，也是一抹幻影。

她曾經有過痛苦，也有過煩惱，但是她擁有的驕傲更遠勝於此。絕不妥協的信念至今仍然帶給她力量，支持她持劍的雙手。

「征服王，對於只為了自身利益而追求聖杯的你來說，一定無法體會我的王道吧。你成為霸王只是為了滿足自己那貪得無厭的欲望！」

Saber大聲斥喝，彷彿對敵人砍下了致命的一擊。聽到這句話的Rider雙眼猛然一睜，神情大變。

「無欲無求的王者就連一件裝飾品都不如！」

Rider暴喝一聲。言語中的凶悍讓他原本就龐大的身軀看起來更大了一倍。

「Saber，妳說『王者要為了理想而殉身』。原來如此，生前的妳應該是一個清廉又完美無瑕的聖人，想必妳的形象一定既崇高又不可侵犯吧。但是有誰會對殉道這種充滿苦難的人生抱持憧憬，懷有夢想？

聖人可以撫慰人民，但是絕對無法領導人民。王者必須表現出明確的欲望，尊崇極限的榮華富貴才能夠引導人民、帶領國家！」

Rider在杯中斟了酒一仰而盡後，繼續指正道：

「所謂王者，就是比任何人都貪心，笑起來的時候比任何人都豪邁，憤怒的時候比任何人都凶暴，窮盡人性善與惡的人，所以臣子才會羨慕王者，受到王者的吸引。在每一個人民的心中才會燃起『我也要成為萬人之上』的憧憬之火。」

「這種統治……究竟有什麼正義可言？」

「沒有正義，王道根本不需要什麼正義。就因為這樣，所以也不留餘恨。」

「……！」

Rider說的話實在太過果斷，讓Saber不但生氣，更感到枉然。

什麼才是人民的幸福。在這條基本原則上，兩人之間的意見隔閡實在太大了。

一方是祈求獲得安定。

一方是企盼獲得繁榮。

希望平定亂世的王者與自己掀起亂世的王者，這就是雙方認知上難以彌補的差異。

Rider 露出無畏無懼的笑容，繼續朗聲說道：

「身為眾位騎士之驕傲的王者啊，或許妳所提倡的正義與理想曾經一度拯救了妳的國家與臣民，那想必是一件足以讓妳留名青史的偉大事業吧。

但是妳應該也很清楚，那群**只有接受拯救**的傢伙最後踏上什麼樣的末路吧。」

「你——說什麼？」

黃昏之下，染滿鮮血的山丘。

那副景象再次在 Saber 的腦海中掠過。

「妳只顧著『拯救』臣子，卻不去『領導』他們。妳沒有把『王者的欲望』表現出來，放著失去目標的臣子不管，只顧著自己一個人裝模作樣，淨為了那什麼漂亮的理想鑽牛角尖。

所以妳根本不是真正的『王者』，只不過是一個被不為自己只為他人而活的王者形象所束縛住的小姑娘而已。」

「我是……」

她有千言萬語想反駁，但是每當她想要開口的時候，過去在卡姆蘭山丘上俯瞰的風景就會再次浮現於眼前。

綿延不絕的屍山血河。在那裡終結的生命從前都曾經是她的臣子、朋友與親人。

仔細一想，在她拔出石中劍的時候，就有人曾經預言未來將會是毀滅之象，而自己應該早就已經做好心理準備了。

但是即使已經有了覺悟。

真正親眼目睹了那幕景象的時候，她心中還是不禁去想，忍不住產生祈願的念頭。

她希望有一個完全不同的可能性，甚至能夠推翻那位魔術師的預言。如果有這種可能性的話……

有一種危險的想像彷彿穿透 Saber 心中的空隙般浮現出來。

倘若自己不是以救世主的身分守護不列顛，而是以霸主之姿蹂躪不列顛的話——

亂世兵燹想必會讓死傷更加淒慘吧。再說這並非她所尊崇的王道，無論如何這都不可能是少女阿爾特利亞會選擇的方法。

但是，這種可怕的霸王之道所造就的結局和那座卡姆蘭山丘相比的話，究竟哪一邊才算是真正的悲劇呢……

「——！」

此時Saber忽然感受到一股讓人厭惡的寒氣，把她的意識從內心的糾葛中拉回來。

這股寒氣來自於Archer的視線。

黃金從靈從剛才開始任由Rider一個人逼問Saber，自己怡然自得地享受杯中美酒，一邊在旁看著。他那雙豔紅的雙眸不知何時纏上Saber，舔遍了她的全身。

Archer不發一語，眼神中也看不出任何含意或是企圖。但是他淫靡的凝視讓人備感屈辱，非常不舒服。那種生理上的厭惡感就像是有一條蛇在肌膚上爬行一樣。

「……Archer，為什麼這樣看我？」

「不，沒什麼。只是覺得妳苦惱的表情實在值得一看而已。」

Archer笑著說道。這目中無人的英靈竟然會露出這麼祥和優柔的笑容，但是也因此讓人覺得恐怖而致命。

「妳的表情就像是一個即將在床笫之間破身的純潔處女，著實深得我心。」

「你這傢伙……！」

Saber實在難以容忍這種愚弄。這次她毫不猶豫地擲杯於地，拍響無形神劍的劍鞘。

但是下一秒鐘，讓另外兩位從靈的神情為之一凜的原因，卻不是因為受到Saber

怒氣的挑動。

過沒多久，愛莉斯菲爾與韋伯察覺周圍的氣氛有異。雖然看不見形體也聽不見聲音，但是濃厚的重重殺意讓肌膚的溫度下降好幾度。

月光下的中庭浮現出白色的怪異物體。蒼白的面孔彷彿綻放在黑暗中的花朵般一個接著一個出現，顏色就如同枯骨般冷硬。

那是骷髏面具，他們的身軀還裹著漆黑的長袍。奇裝異服的黑衣集團接二連三聚集在一起，在中庭的五人早已被團團包圍了。

Assassin……

知道Assassin還存活的不只有Rider與韋伯而已。Saber與愛莉斯菲爾同樣也聽切嗣說過他在倉庫街目擊Assassin的事情。

這次聖杯戰爭的Assassin不只有第一天在遠坂家被打倒的那一名，而是有許多Assassin參與。這件事實本身已經頗為怪異，但是眼前這人數還是只能以異常來形容。雖然所有人都戴著面具、身穿黑袍，但是每個人的體格卻有多種不同的差異。有高大的巨漢、纖細的瘦子，有像小孩子一樣身軀矮小的人，也有體態婀娜的女性。

「……這就是你打的如意算盤嗎？金閃閃？」

Rider不悅地問道。Archer則是一臉什麼都不知道的表情，聳肩說道：

「誰知道。本王可不會去管雜種心中在想什麼。」

雖然嘴上隨口應付，但是Archer心中卻不禁對眼前局勢的演變感到失落。

Assassin如此大規模的動員，想必不會是言峰綺禮一個人專斷的行動，也是他的老師遠坂時臣所授意吧。

時臣一直以來都對英雄王採取極盡謙卑的臣下之禮，Archer同樣也認可他是自己的召主。但是對於時臣乏味的戰略，他幾乎已經徹底失望了。

設下這場酒宴的人確實是Rider沒錯，但卻是由Archer提供飲酒。時臣究竟在想什麼，竟然派遣刺客到這場筵席來。他究竟知不知道這種行為間接貶損了英雄王的品格。

「這……這簡直太荒謬了！」

韋伯看到陸續出現的敵人身影而大受震撼，以幾近於悲鳴的聲音哀聲叫道。就如他所說的一般，依照聖杯戰爭的規則來看，眼前的狀況顯然不合道理。

「這到底是怎麼回事？為什麼他們全都是Assassin？還一個接著一個冒出來……不是有限制不論任何從靈，一種職別只有一個人嗎？」

看見獵物狼狽不堪的模樣，群聚在一起的Assassin一個一個發出低笑聲。

「——正是。我們是以眾成單的從靈，然而也是以單為眾的闇影。」

就是這一點讓韋伯與愛莉斯菲爾怎麼樣都想不透。言峰綺禮召喚來的 Assassin 的真面目就是這麼特異的人物。

『山中老人』——歷代傳承這個恐怖稱號的哈桑．薩巴哈當中，有一個人具有特殊的怪異能力。

與歷代的哈桑不同，他完全沒有對自己的肉體動手腳，也可以說沒有那個必要。那是因為他的肉體雖然平凡無奇，但是他卻可以依照狀況自由改變控制肉體的精神。

有時候工於智計、有時候能懂異國語言、有時候專精於毒物，又有時候擅長製作陷阱的技巧。他是一個在任何狀況下都能自由變換諸多才能知識，發揮能力完成任務的萬能暗殺者。傳說他有時候還會發揮出原本的肉體根本不可能具備的怪力與速度，或者使出已經被眾人遺忘的失傳武術。

巧妙的變裝不問男女老幼，再加上精練的言行舉止讓人難以相信那只是一種演技，就連性格都會依照時間與場合而遽變，即使他最重要的心腹到最後也無法看出他的真實面貌。

但是沒有人知道，在這具叫作哈桑的單一肉體中，他們這群人卻各自擁有完全獨立的靈魂。

當時的知識水準根本沒有多重人格障礙（Multiple Personality Disorder）的觀

念，而這種在現代被定義為病症的精神狀況對暗殺者哈桑・薩巴哈來說也是一種祕不外傳的『能力』。他利用棲息在自己體內的**同居人**的各種知識與能力，使用各種手段蠱惑敵人、突破保護網，以任何人都意想不到的方法一一獵殺目標。

在這回的第四次聖杯戰爭當中，回應言峰綺禮的呼喚而出現在這世界上的正是這位『百面哈桑』。

這個從靈雖然是單一個人，靈魂卻分裂成無數個體。「他」或是「他們」基本上屬於靈體，不受到生前肉體的枷鎖束縛，視狀況需要分裂出來的人格可以各自具有身體而實體化。

因為靈力的總量當然還是只有「一人份」，所以在分裂行動的時候，每一個個體的能力值會低到根本無法與其他英靈比較。但是他們所有人都受惠於『Assassin』的固有技能，以能夠個別行動這一點來看，單就諜報行動而言他們可說是天下無敵的**集團**。

「難道……我們至今一直受到這些傢伙監視嗎？」

愛莉斯菲爾氣憤地喃喃說道。即便是Saber，面對眼前狀況也不禁感到一陣寒意。敵人雖然弱小，但卻是無聲無息靠近的殺手，而且人數還多到無法完全掌握，就算她的戰鬥力號稱是七位從靈當中最強，他們仍是難以應付的威脅。

而且他們在一般狀況之下應該只會潛伏在暗處，現在卻像這樣捨棄氣息遮蔽的能力，大膽地出現在眾人面前，這件事代表的意思是——

「他們想要一決勝負！」

完全出乎意料的窘境讓 Saber 咬牙切齒。

他們就算人數再多，終究只是一群烏合之眾。如果正面對抗的話，Saber 萬不可能落敗。但這是指只有 Saber 一個人單身對抗他們的時候……

原本想要就近保護而讓愛莉斯菲爾陪在自己身邊，現在反倒成了致命要害。就算 Assassin 不堪一擊，但這是以從靈的標準來看。對一般人來說，他們依舊相當危險。雖然愛莉斯菲爾身為艾因茲柏恩的人造生命體，能夠使用高超的魔術，但光是這樣無法對抗從靈。面對 Assassin 的攻擊，她不可能只憑一己之力保護自己。

然而一邊保護身後無法自衛的同伴一邊作戰的時候，『雙方人數的差距』又是極為重要的限制因素。

Saber 單單一劍一擊究竟能夠擋下多少一擁而上的 Assassin——不對，就算擋住他們當中再多人都沒有意義，只要有一隻漏網之魚，那個人就有可能對愛莉斯菲爾造成致命的傷害。

也就是說，如果要問『能否阻止』的話，完全端看是否可以『一擊阻擋他們全部的人』。然而現在包圍他們的 Assassin 人數實在多得讓人感到絕望。

但是站在Assassin的角度來看，這個戰法也可以說是他們最後的手段。

即便能夠採取人海戰術，但是他們畢竟是從有限的本體當中分裂出來的。以犧牲大多數人為前提，靠少數存活者獲勝的方式說起來就與自殺無異，如果不是最終決戰的話，根本不可能使用這種不要命的打法。

Assassin本身也是希望獲得聖杯而回應召喚的從靈，當然無法接受自己成為讓時臣與Archer獲勝的棄子——但同時他也無法違抗令咒。

為了今天晚上的襲擊，言峰綺禮消耗一道令咒命令他們『不計犧牲獲得勝利』。對從靈來說，令咒的強權是絕對的。這麼一來Assassin也只能豁出去，完成命令以達成自己的目的。

被吹捧為最強從靈的Saber大吃一驚的模樣固然讓人感到愉快，但是實際上對Assassin來說，艾因茲柏恩的人馬並不是他的目標。今天晚上他的目標是Rider的召主，雖然Rider的寶具強悍無匹，但是它的破壞力具有方向性。Assassin的攻擊從四面八方同時攻來，一定會擊中那個已經嚇破了膽的矮小召主。

沒錯，現在這個狀況對征服王伊斯坎達爾來說，應該是九死無一生的絕境才對。

但是——為什麼那名巨漢從靈到現在還是一派輕鬆地舉杯喝酒？

「……Ri……Rider，喂……」

就算韋伯不安地出聲叫喚，Rider 依舊不動如山，環視周圍 Assassin 的眼神仍然泰然自若。

「喂喂，小子，不要這樣慌慌張張的。招待宴會賓客的寬容大度，也是在考驗王者器量。」

「你覺得他們那樣子像是來參加酒宴的客人嗎？」

Rider 苦笑，對慌亂的韋伯嘆了口氣之後，以溫吞的和善表情向團團包圍四周的 Assassin 叫道：

「各位，可不可以收斂一下，不要再隨便亂放那種危險的鬼氣？你們也看見了，朕的同伴覺得很害怕啊。」

Rider 的話讓 Saber 懷疑自己的耳朵有沒有聽錯，就連 Archer 都皺起眉頭來。

「你也要邀請那一票人參加酒宴嗎？征服王。」

「那當然，王者所說的話是講給萬民聽的。如果有人特地來傾聽的話，那就無分敵我。」

Rider 鎮定地說完，用柄杓從酒桶中舀起酒，彷彿要遞給 Assassin 般高高舉起。

「來吧，別客氣。想要一起討論的人就到這裡來拿起杯子吧，這杓酒與你們的鮮血同在。」

咻地一聲。回答Rider邀約的是一道破空聲響。

柄杓在Rider的手中只剩下木柄，杓頭的部分被切斷，掉落在地上。這是Assassin的其中一人所射出的匕首打斷的。杓中盛裝的酒就這樣灑在中庭的石板上。

「……」

Rider看著潑灑在地上的酒水，不發一語。骷髏面具彷彿在嘲笑他似的，發出嗤嗤低笑聲。

「——你們應該已經聽到朕說什麼了。」

Rider的語氣平靜地讓人感到意外，但是只有剛才與他共飲暢談的幾個人才發覺有什麼事物徹底產生了變化。

「朕應該已經說過，『這杓酒』就是『你們的血』——這樣啊，如果你們就是想血濺大地的話，那也無妨……」

這時候，有一陣旋風吹來。

這是一陣灼熱乾燥的火燙旋風。在夜晚的森林中，而且還是城牆圍繞的中庭裡絕對不可能吹起這種風——這種彷彿席捲焦熱沙漠，在耳邊轟轟作響的風。

韋伯感覺舌頭上有細微刺人的沙礫，趕緊吐了幾口口水。這是沙塵，這陣怪風吹送而來的是不可能存在於此地的熱沙。

「Saber，還有 Archer。這是這場酒宴最後一個問題——王者究竟是否超脫俗世？」

Rider 站在迴旋的熱風中心，開口問道。鮮紅色斗篷在他的肩上鼓動翻飛，不知何時征服王的裝扮已經變為從靈原本的戰袍姿態。

Archer 嘴角扭曲，冷笑一聲。無言地答道：這種事根本連問都不用問。

Saber 同樣也沒有躊躇。如果相信自己的王道，過去她以國王身分所度過的歲月正是她最真實的答案。

「如果身為王者……必定是超脫於俗世之上的。」

聽見兩人的回答，Rider 縱聲大笑。迴旋的熱風彷彿呼應他的笑聲般，更增勁道。

「不行哪！你們根本一點都不明白！此時此地，朕還是應該讓你們見識見識真正的王者之姿!!」

這股來自非常理之理的熱風終於開始顛覆、侵蝕現實。

在這片不可能存在於闇夜森林的異象之中，距離與位置失去了意義，逐漸轉變為帶著熱沙的乾燥狂風肆虐的環境。

「怎……怎麼可能……！」

驚愕的聲音是來自於韋伯與愛莉斯菲爾這些明白何謂魔術的人口中。

「這是——固有結界？」

炎熱的太陽燒灼大地，視野遼闊無比，遙至狂暴沙塵所掩蓋的地平線那一頭，萬里無雲的蒼穹彼方。

夜晚的艾因茲柏恩城一瞬間轉變而成異象，顯然是一種侵蝕現實的幻影，正是那項與奇蹟並稱的極限魔術。

「怎麼可能有這種事……竟然讓心象世界具現化……你明明不是魔術師啊。」

「當然不是，這件事不是朕一個人就能辦到的。」

昂然挺立在遼闊廣大的結界當中，伊斯坎達爾的臉上充滿驕傲的笑容，否定韋伯的疑問。

「這是過去朕的軍隊曾經奔馳過的大地，是和朕甘苦與共的勇者們一同深深烙印在心中的景象。」

隨著世界發生異變，甚至連被捲入其中的人們的相對位置都改變了。

原本人多勢眾包圍眾人的 Assassin 變成一群，被趕到荒野的彼端。Saber、Archer 與兩名魔術師則是被轉移到另一邊退避，由 Rider 擋在兩者中間。也就是說 Rider 一個人單獨面對成群結隊的 Assassin。

——不對，Rider 現在真的是孤身一人嗎？

所有的人都睜大眼睛，凝視著在Rider周圍出現有如海市蜃樓般的影子。影子不只有一道而已，兩道、四道……朦朧的騎馬身影一邊以倍數增加，一邊列出陣形。那些身影逐漸呈現出色彩與立體感。

「這個世界、這片景觀之所以能夠具體成形，是因為這是**我們全體**的心象。」

就在眾人驚訝的眼神注視下，騎兵們一一在伊斯坎達爾的身邊化為實體。人種與裝備雖各自不同，但是他們的體魄健壯，晶亮的鎧甲裝飾英氣非凡，就像是彼此競逐風采般，華麗而精悍。

只有韋伯一人能夠理解這些超常異象的真實面目。

「這些人……一個一個全都是從靈……」

只有完成正式契約的召主才有資格擁有的透視力，能夠看穿並且評判從靈的靈格。因為韋伯是在場唯一擁有這項能力的人，所以只有他知道自己的從靈英靈伊斯坎達爾手中的王牌，這項驚人最終寶具的真實面貌。

「看哪，這是朕天下無雙的軍隊！」

此時征服王振起雙臂，以無比驕傲的口氣高聲誇耀這成群結隊的騎兵隊伍。

「這是一群肉體已亡，其魂魄被世界召為『英靈』之後仍然效忠於朕的傳說勇者。他們是呼應朕的召喚超越時空而來，朕永遠的同袍。

與他們之間的羈絆就是朕的至寶！朕的王道！此乃朕伊斯坎達爾最引以為傲的寶具——『王之軍勢（Ionian Hetairoi）』!!」。

EX等級的抗軍寶具，連續召喚眾多獨立的從靈個體。

有軍神、有大君（Maharaja），還有後世歷代王朝的開國君主。在此聚集了多少英雄，就有多少傳說，每一位都是崇高無上的英靈。

而他們所有人除了自身威名的因緣之外，也對彼此共同的出身引以為傲——大家都是過去曾與亞歷山大大帝共同馳騁於沙場上的勇者。

一匹唯一沒有人騎乘的馬走到Rider身邊，那是一匹特別健壯勇猛，足以稱之為巨獸的駿馬。雖然並非人身，但是牠的驃悍威風並不下於其他英靈們。

「久違了，夥伴。」

Rider面露如孩童般天真的笑容，用雙手緊緊擁抱巨馬的脖子。『她』就是後來備受尊崇而神格化的傳說名駒布賽法拉斯（Bucephalus）。在征服王的陣營中，就連馬匹都已經升格為英靈。

每個人都驚訝地說不出話來。面對這群軍容壯盛的軍隊，就連同樣擁有EX級超強寶具的Archer都收起冷笑譏嘲。

他們是一群把一切寄託在王者的夢想，曾經跟隨王者縱橫大地的英雄豪傑。

征服王將眾人死後仍然不滅的赤誠丹心化為實體，轉變成異常強悍的寶具。

Saber 的全身發顫。她並不是對 Rider 的寶具威力感到畏懼，而是因為這項寶具本身就已經撼動她身為騎士王的榮譽之根本。

毫無雜念且全心全意的擁護——

與臣子之間那股深厚無比，甚至達到寶具境界的感情羈絆——

身為一名理想的王者，騎士王一生當中到最後都得不到的寶物——

「所謂的王者——就是指比任何人活得更加快意，讓眾人為之崇敬的模樣！」

Rider 跨上布賽法拉斯，朗聲大喝。成群排列的騎馬英靈呼應他所說的話，一起敲響盾牌，同聲歡呼。

「結合所有勇士們的憧憬，昂然而立以為表率者乃為王。因此——！」

滿懷壓倒性的自信與驕傲，征服王從高處睥睨 Saber 與 Archer。

「王者並非遠離俗世。這是因為王者的龍圖霸業乃所有臣民的意志所向之故！」

『正是！正是！正是！』

英靈們的齊聲吶喊震撼大地，直衝九霄。就算再強悍的軍隊、再厚實的城牆都敵不過征服王的戰友們，他們激昂的戰意足以劈天裂地。

更遑論黑暗中的殺手集團只等同於一團雲霧吧。

「好了，咱們開打吧，Assassin。」

Rider 這麼說道，對黑影群報以微笑，眼神無比猙獰而殘酷。對於打斷王者之言，回絕王者敬酒的無禮之徒，想必他完全不打算給予一點同情吧。

「你們也看見了，朕所具現化的戰場是一片平原。很不巧的，**人多勢眾**的我方可占有地利之便喔。」

此時哈桑的百面早已將聖杯的事情拋到九霄雲外。他已經忘了勝利、忘了令咒給予的使命，迷失了身為從靈的自我。

有人明知無倖，仍然嘗試逃跑；有人自暴自棄，大聲嘶喊；也有人束手無策，呆立不動——方寸已亂的骷髏面具早已淪為一盤散沙。

「給朕狠狠地踐踏他們!!」

Rider 的號令響遍四周，既無情又果斷。然後——

『AAAALaLaLaLaLaLaie!!』

震耳欲聾的衝殺聲隨之響起。過去曾經橫掃東西亞細亞的無敵軍團的咆哮再次響動戰場。

這根本不是戰鬥，連一場掃蕩戰都不如。

甚至比用搗臼搗碎罌粟籽還更輕鬆。

等到榮耀的『王之軍勢』鏃型隊伍奔馳而過之後，之前那個名叫 Assassin 的從靈曾經存在過的痕跡早已灰飛煙滅，只留下一陣含著血腥味的飛揚塵砂，虛虛恍恍、朦朦朧朧。

『——喔喔喔喔喔喔喔喔喔喔!!』

勝利的吶喊聲響起。完成使命的英靈們將光榮的勝利獻給王者，讚頌王者的威名，再次回歸為靈體，消失在時空的彼方。

隨著英靈消失，依靠他們魔力維持的固有結界也跟著解除。所有景色彷彿就像是一場夢幻泡影一般，再度回復為黑夜森林中艾因茲柏恩城的中庭。

皎潔的月光下寂靜如舊，一點都沒有被打亂。三位從靈與兩名魔術師還是坐在原本的位置，手中再度拿著酒杯。但是現場獨獨不見 Assassin 的蹤影，唯一的殘跡只有被匕首切斷的柄杓而已。

「——真是令人掃興的收場。」

Rider 若無其事地喃喃自語說道，一口氣把杯中的殘酒喝乾。Saber 無話可應，只有 Archer 滿心不悅地冷哼一聲。

「原來如此。雖然盡是一群雜種，但是有能力統領這麼多人就讓你洋洋得意，自以為是王者了嗎—— Rider，你這個人果然礙眼。」

「隨你怎麼說吧，反正總有一天朕會親自和你一決勝負。」

Rider笑著輕鬆以對，站起身子。

「我們彼此已經把想說的話都說完了吧？今天晚上就到此為止啦。」

可是被Rider任意貶抑之後還沒有反駁的Saber當然不會就此罷休。

「等等，Rider。我還沒有——」

「妳不要說話。」

Rider以冷淡又強硬的口氣阻止Saber繼續說下去。

「今天晚上是王者彼此談論的酒宴。但是Saber，朕不認同妳是一國之王。」

「你還要繼續愚弄我嗎？Rider！」

縱使Saber氣急敗壞地說道，Rider反而只是以憐憫的眼神看著她。他沒有回話，只是拔出裘普歐提斯之劍朝空中虛砍一劍。神牛戰車伴隨著一聲震天雷鳴出現，雖然比不上『王之軍勢』的壯闊，戰車的威容在近距離看來還是讓每個人都目為之奪。

「來吧，小子。咱們回去了。」

「……」

「喂，小子？」

「——咦？啊、嗯……」

自從韋伯看著Assassin被一掃而光之後，一直都是這樣心不在焉的表情，顯然有問題。不過親眼看到規模如此異常的寶具，也難怪他會有這種反應。而且他現在才知道那就是與自己締結契約的從靈的真正實力。

等韋伯踩著搖搖晃晃的虛浮步伐踏上戰車後，Rider最後再看了Saber一眼，用一種帶著真摯感情的口吻對她說道：

「小姑娘，勸妳還是早點醒一醒，不要再做那種悲慘的夢了。要不然總有一天妳會連身為一名英雄最根本的驕傲都失去——妳口中所說那名為『王者』的夢想就是這樣的詛咒。」

「不，我是——」

直奔天際的雷神戰車終究還是沒有理會Saber的反駁，只留下陣陣悶雷聲，消失在東方的天際。

「……」

Rider到最後仍然堅持拒絕回答，Saber如果覺得受辱的話也算是很正常的反應吧。但是現在深深揪住她胸口的卻是一種難以言喻的「焦慮」思緒。

一個沒有正義、沒有理想，只為了自我私欲而肆逞淫威的暴君，卻是一位以永恆不滅的羈絆與部下牽繫在一起的王者。

他的生命之道與騎士王實在天差地遠，雙方的真理根本無法相容。

但是Saber卻無法把伊斯坎達爾所說的字字句句一笑置之，從心中抹去。在她心中還殘留著難以排遣的愁思，無論如何她都要辯倒Rider，讓他收回前言，不然絕不甘心。

「不要管他說什麼，Saber。妳只要走妳自己相信的道路就好。」

一旁插嘴說話的人竟然是之前還在嘲笑她的Archer。難以捉摸真實心意的激勵反而讓Saber的表情更加難看。

「你剛才還拿我當笑柄，現在反而對我諂媚起來了嗎？Archer？」

「那當然，妳所主張的王者之道完全沒有錯。因為太過正當，對妳那纖細的身軀來說一定很沉重吧。

妳心中的苦惱與糾葛……呵呵呵，就玩物來說實在不錯。」

Archer傲慢地說完之後，再度露出那恐怖的笑容凝視著Saber。

他的相貌俊美，說話聲音輕脆而深邃。但是他的表情與語氣卻是極度邪惡與淫靡。

只要在這位黃金從靈面前，Saber心中絕不會有一絲一毫的猶豫。不像Rider，他們兩人之間連談論的餘地都沒有。Saber下意識地明白，面對眼前的這名敵人她絕對不可能有任何妥協。

「本王很欣賞妳背負著超乎自身器量所能承受的『王道』，痛苦掙扎的滑稽模樣。Saber，再努力取悅本王吧，本王或許可以將聖杯賞給妳做為犒賞喔。」

說完，Archer手中的玉杯頓時粉碎。

「Rider離開，酒宴已經結束了——Archer，速速離去，不然就拔劍吧。」

雖然肉眼看不見，但光是一揮劍的風壓就足以道盡Saber手中神劍的致命威力。手中酒杯被打碎的Archer之所以面不改色，若不是因為他膽識過人，就是他愚不可及。

「真是的，妳可知道有幾個國家為了爭奪妳剛才打碎的酒杯而覆滅——也罷，本王就不懲罰妳了。為了小丑的無禮行徑而發怒有損王者威名哪。」

「隨你去說，我只警告一次——下次我就會殺了你。」

Archer似乎對Saber冷酷的恫嚇毫不以為意，笑著站起身來。

「騎士王小妮子，妳就好好努力吧。說不定妳將來還會更得本王的寵愛呢。」

最後丟下這麼一句話，Archer化為靈體消失。失去黃金色光芒映照的中庭只留下大夢初醒般的空虛與寂寥氣氛。

一場戰爭就這樣畫下了句點。

雖然形式有些奇特，但這確實是一場決鬥。對他們這群英靈來說，貫徹王者意志具有足以賭上自己性命的價值。

愛莉斯菲爾看著所有敵人離去後，Saber默默佇立的模樣，覺得有一種熟悉的感覺……沒錯，那孤單的身影就與前天倉庫街的大亂鬥結束之後一樣。

但是今天在Saber的臉上看不到擊退敵人之後暢快淋漓的成就感，她那若有所思的沉鬱表情更讓愛莉斯菲爾的心中感到不安。

「Saber……」

「——當我最後叫住Rider的時候，如果他停下腳步回過頭的話，我到底打算如何反駁呢？」

這個問題並不是對任何人發問。Saber回頭對愛莉斯菲爾露出的苦笑表情說不定是一種自嘲。

「我想起來了——從前曾經有個騎士留下『亞瑟王不瞭解人心』這句話之後，離開凱美洛城。」

「……」

「說不定……那句話說不定是每一位坐在圓桌邊的騎士心裡都想說的話。」

愛莉斯菲爾搖搖頭，否定Saber的軟弱。

「Saber，妳是一位非常理想的國王。妳的寶具證明了這一點。」

就像Rider有『王之軍勢』一樣，Saber也擁有『應許勝利之劍』。如果征服王的寶具表現出身為統帥者的領導資質，騎士王的寶具則是她至聖王道的體現，任誰都不能否定那份榮譽與光輝。

「過去我的確一直警惕自己要成為一位理想的國王，為了避免犯錯而壓抑私情，從來不曾說出內心真正的想法。」

這意味著她為了完成王者的責任而捨棄身為一介凡人的自己。

這種生存理念與征服王那種比任何人活得更像個『人』的王道完全背道而馳。

「身為一名王者，只要我的軍令百戰百勝、我的言行剛正不阿就已經足夠了。所以我從不要求他人了解自己。就算我遠離人群而孤獨，這也是真正的王者之姿。

可是——我不確定自己能不能像Rider那樣，抬頭挺胸以這份心意為榮。」

愛莉斯菲爾也明白是什麼原因讓Saber在這件事情上感到猶豫。

亞瑟王傳說最終以親友與部屬眾叛親離的悲劇落幕。伊斯坎達爾以『王者與臣民之間的感情羈絆』為傲，騎士王就是因為無法與部屬之間建立起這份深厚的情誼才會喪失她的光榮。

「——Saber，就算命運無法迴避，也不代表命運是必然的。」

思考了一會兒之後，愛莉斯菲爾開口勸道。

「妳的意思是？」

「未來並不只是光靠『世理』來指引方向，其中包含運勢還有偶然。所有不合理的物事不斷累積，到最後決定命運的面貌。

因為妳是騎士王，所以最後一定會滅亡。這種道理根本說不通，所以妳才有追求聖杯的意義啊。」

「……說的也是，妳說的對。」

從前御用魔術師曾經這麼說過：拔出選王之劍，在路途的盡頭就只有無可避免的破滅命運。

即使如此，她還是沒有停下腳步，走完了這條路。

心裡雖然已經有所覺悟，但從未放棄。即便她無法相信希望，但還是能夠相信自己的心願一定是正當的。

正因為如此，當她見到預言成真的時候，更無法坦然接受一切。

她不禁開始祈禱，心中忍不住產生祈願。

這一切說不定是一個錯誤。

自己所堅信不疑的道路說不定還有其他更美好的未來……

就是這樣一個念頭讓她成為英靈，指引她來到冬木聖杯的所在之處。

「謝謝妳，愛莉斯菲爾。我差點就要迷失重要的事物了。」

Saber頷首，眼神中已經回復原本的澄淨無瑕與沉穩的自信。

「身為王者，我一生的功過是非不應該從過去中追尋，而是應該要問聖杯。所以我現在才會在這裡。」

「沒錯，就是這股氣魄。」

愛莉斯菲爾鬆了一口氣。自責的憂愁表情不適合這位氣度高潔、英氣凜然的騎士之王。心中永遠懷抱著堅定的理念，勇往直前的模樣才適合她，也因此光明之劍才會應許她常勝不敗。

×　×

深山町遠坂家的地下工房悄然無聲，瀰漫著沉重的氣氛。

「Rider的……寶具評價如何……」

時臣向著通信器另一端的綺禮問道。語氣中百般無奈，似乎很不情願。

『與基爾加梅修的「王之財寶」同等級……也就是超出可評價的範圍。』

除了嘆息之外，雙方都已經無話可說。

這個結果正是他們所期望的。雖然犧牲了Assassin，但是能夠事前得到Rider祕藏絕技的情報，這點犧牲已經非常值得。如果沒有任何事先情報，不幸就這樣直接對上Rider的話，時臣一定沒有辦法應付那項超級寶具吧。

但是有一件事情超乎他的預料，就是那件寶具的等級——即便先一步掌握情報，也不見得有辦法能夠應付那件寶具。

時臣一直滿心以為自己的從靈Archer的寶具才是出類拔萃、無可匹敵的最強武器。然而居然有其他從靈擁有足以與『王之財寶』分庭抗禮的寶具，這完全出乎他的意料之外。

平常鮮少體驗過的「後悔」念頭正一點一點勒逼時臣的思考。

這時候把Assassin當作棄子扔掉說不定是一件致命的錯誤。面對Rider這種危險的從靈，與其冒險正面衝突，倒不如使用間諜謀略慢慢把他逼入死路更有效率吧。比方說引誘Rider的召主使他不得不與從靈分開行動，然後加以暗殺等等……

「……愚蠢。」

時臣搖搖頭，告誡自己不可以亂了方寸。遠坂家之主不該想要玩弄這種缺乏從容大度與優雅氣質的伎倆。

再說事情還沒有那麼絕望，還有很多有利的因素，好比說與英靈伊斯坎達爾結下契約的是一個三流魔術師。如果伊斯坎達爾依照原本的計畫由艾梅羅伊爵士召喚出來的話，情況肯定會更加嚴重。因為從靈的能力值會與締結契約的魔術師力量成正比增減，肯尼斯與自己徒弟之間發生爭執，結果卻意外為時臣帶來有利的機會。第四次聖杯戰爭的運勢果然還是站在時臣這一邊的。

從現在開始終於要正式進入高潮了。時臣拿起靠在椅子旁的橡木製手杖輕輕撫摸，心中懷抱冷靜的決心。手杖的握把處鑲有一顆很大的紅寶石，裡面封存著時臣花費一生的時間經年累月煉製出來的魔力。這支手杖就是魔術師遠坂時臣的禮裝。

「綺禮，現在既然已經捨棄了Assassin，我們也就不用再隱藏你的力量了。」

『是，我明白。』

從魔導通信機的另一頭傳來言峰綺禮低沉而平淡的回應。他身為魔術師的弟子，同時也是一流的代行者，就算失去從靈後仍然還是強悍可靠的戰力。現在已經不需要為了運用Assassin而演戲偽裝，也就不用再隱匿他的能力。

按照原定的計畫，從現在起是第二階段。他要根據Assassin收集來的情報，出動基爾加梅修將敵人一一剷除。在這段時間之內自然會找到對付Rider的方法吧。

走出這間工房，踏上那名為冬木的戰場的時刻終於到來了。

時臣感覺自己的魔術刻印因為深沉的鬥志而蠢蠢欲動，從椅子上長身而起。

浮文字

Fate/Zero 3 眾王的狂宴

（原名：フェイト/ゼロ 3 王たちの狂宴）

作者／虛淵玄　插畫／武內崇・TYPE-MOON　譯者／hundreder
榮譽發行人／黃鎮隆　總經理／陳君平
經　理／洪琇菁　國際版權／黃令歡
執行編輯／呂尚燁　美術主編／陳又荻
企劃宣傳／楊玉如、洪國瑋
出版／城邦文化事業股份有限公司　尖端出版
台北市中山區民生東路二段一四一號十樓
電話：（〇二）二五〇〇七六〇〇　傳真：（〇二）二五〇〇二六八三
E-mail：7novels@mail2.spp.com.tw
發行／英屬蓋曼群島商家庭傳媒股份有限公司城邦分公司　尖端出版
台北市中山區民生東路二段一四一號十樓
電話：（〇二）二五〇〇—七六〇〇（代表號）
傳真：（〇二）二五〇〇—一九七九
北部經銷／祥友圖書有限公司
電話：（〇二）八五一二—三八五一
傳真：（〇二）八五一二—四二五五
中部經銷／楨彥有限公司
電話：（〇二）八九一九—三三六九
傳真：（〇二）八九一四—五五二四
雲嘉經銷／智豐圖書股份有限公司　嘉義公司
電話：（〇五）二三三—三八五二
傳真：（〇五）二三三—三八六三
南部經銷／智豐圖書股份有限公司　高雄公司
電話：（〇七）三七三—〇〇七九
傳真：（〇七）三七三—〇〇八七
一代匯集／香港九龍旺角塘尾道六十四號龍駒企業大廈十樓B&D室
電話：（八五二）二七八三—八一〇二
傳真：（八五二）二七八二—一五二九
馬新經銷／城邦（馬新）出版集團　Cite(M)Sdn.Bhd.
E-mail：Cite@cite.com.my
法律顧問／王子文律師　元禾法律事務所
台北市羅斯福路三段三十七號十五樓
二〇一四年二月一版一刷
二〇二一年八月一版六刷

■中文版■

郵購注意事項：
1. 填妥劃撥單資料：帳號：50003021戶名：英屬蓋曼群島商家庭傳媒（股）公司城邦分公司。2. 通信欄內註明訂購書名與冊數。3. 劃撥金額低於500元，請加附掛號郵資50元。如劃撥日起 10～14日，仍未收到書時，請洽劃撥組。劃撥專線TEL：(03) 312-4212 ・ FAX：(03) 322-4621。E-mail：marketing@spp.com.tw

國家圖書館出版品預行編目資料

Fate/Zero 3 / 虛淵玄 著 ; hundreder譯.--1版.
--臺北市：尖端出版, 2013.09
面 ; 公分.--(浮文字)
譯自:Fate/Zero
ISBN 978-957-10-5496-4(第3冊：平裝)

861.57　　102014212